3 casos de polícia

Editor
Raimundo Gadelha

Coordenação editorial e gráfica
Fernando Borsetti

Revisão do texto
Jonathan Busato
Renata Assumpção

Capa
Fernando Borsetti
Vaner Alaimo

Impressão
Bartira Gráfica

Dados Internacionais de Catalogação na Publicação (CIP)
(Câmara Brasileira do Livro, SP, Brasil)

Anysio, Chico
3 casos de polícia : histórias policiais de Chico Anysio. -- São Paulo : Escrituras Editora, 2008.

ISBN 978-85-7531-285-8

1. Contos humorísticos 2. Humorismo brasileiro I. Título.

08-07199 CDD-869.975

Índices para catálogo sistemático:

1. Humorismo : Literatura brasileira 869.975

Impresso no Brasil

Chico Anysio

3 casos de polícia

Histórias policiais de Chico Anysio

escrituras
São Paulo, 2008

PRÓLOGO

Floriano Martins
Agulha – Revista de Cultura

Certa vez, Carlos Manga declarou que se acaso Chico Anysio houvesse nascido na Inglaterra seu nome seria Charles Chaplin. O que há de mais assombroso em tal afirmação é que sua inversão é igualmente verdadeira. Embora incomparáveis entre si, os dois talentos coincidiriam no infortúnio. O próprio Chico Anysio, em uma célebre polêmica com grupos ecologistas, observou que no Brasil não se lamentou tanto a perda do Tom Jobim quanto a do mico-leão. Mais uma piada? De certa forma, se considerarmos que ele mesmo situa que "não se pode fazer uma piada sobre uma hipótese, mas somente sobre o que é real". A fonte do humor é justamente a falta de harmonia que há no mundo. Dentre as duas únicas formas possíveis de se erradicar o humor, aquela com reais perspectivas de concretização é a do ceticismo completo, hoje já de todo convertido em alheamento. Os homens deixariam de rir por descrença em si mesmo e na espécie humana. Ou pior: simplesmente por não se importarem mais com isto.

No entanto, no humor quanto em qualquer outra forma de expressão artística, embaralham-se também as cartas, de tal modo que em muitos casos a vítimas e cúmplices criminais são dados papéis trocados. O humor seria, então, requisitado como instrumento de exploração do desdém pela condição humana. Há uma profunda diferença entre a obra de um Charles Chaplin ou de um Chico Anysio e a comicidade apresentada atualmente: estes dois mestres do humor jamais perderam sua fé na humanidade. Chico Anysio se diz "advogado de defesa dos pobres, dos infelizes, dos sem-teto, sem-água, dos retirantes, dos favelados, dos bandidos, dos presos, dos doentes, dos miseráveis", esclarecendo:

> *Eu trabalho para as classes C, D e E, e quando encomendo uma pesquisa ao Ibope, peço que elimine as classes A e B porque na hora do meu trabalho a classe A está em Angra e a classe B no restaurante Antiquarius. Rico, nos meus programas, não brilha, porque o brilho é do pobre.* [1]

---

1 "Chico Anysio à beira do riso" (entrevista). João Soares Neto. *Agulha* #45. Maio de 2005.

Entende perfeitamente que o humor não é uma filosofia de superação do grotesco, mas antes uma técnica de afinação da relatividade. O irônico é que um aspecto não sabe viver sem o outro. De qualquer forma, por mais que os tropeços de linguagem ou a inadaptabilidade ao mundo, atributos das classes menos favorecidas, excitem o riso, a percepção dessa clara manifestação de poder define o caráter daquele que lida com as contradições da personalidade e seus cultos.

Se o mundo não foi feito para rir, tampouco o foi para chorar. A dramaturgia aceita muito bem o jogo de palavras entre uma esfera e outra. Ao contrário, a literatura tornou-se o lugar sagrado de um pretenso mundo sério. Curiosamente um mundo jamais definido por seus leitores. Chico Anysio publicou seu primeiro livro em 1972. Chamava-se *O batizado da vaca*, uma reunião de histórias curtas que trazia em si já um problema: sua classificação literária. Por mais que tentasse escrever contos, romances, novelas policiais, Chico Anysio sempre enfrentou o mesmo problema: não cabia no mundo literário. Não era um dilema, e sim um problema. Porém um problema, um grave problema, da classe literária.

Os títulos se sucederam, com suas variações desconcertantes. Não eram livros unicamente para rir. Chico Anysio distinguia as linguagens. Sempre soube o que apresentar ao palco devido: rádio, teatro, televisão, cinema, disco, livro. E apresentou à literatura uma variedade de opções, das curtas tiragens de humor ao romance, da crônica policial a uma autobiografia que reflete uma aguçada consciência de si mesmo, infinitamente distante do culto à personalidade. Recortando os gêneros, tanto experimentou um romance narrado em primeira pessoa, uma coletânea de monólogos que giravam em torno de um personagem central, quanto adaptou para a literatura personagens criados para a televisão ou o teatro. Pode-se dizer que fez de tudo. E com uma aceitação de público que surpreendeu logo a princípio, com os 400 mil exemplares vendidos de *O batizado da vaca*. Surpresa inicial convertida em confirmação de absoluto sucesso de público nos anos e livros seguintes.

O primeiro livro de Chico Anysio teve 57 edições. Não se trata aqui de indagar a razão da impossibilidade de se localizar este livro em uma livraria hoje no Brasil. Perda de interesse de mercado. Necessidade de novas apostas de venda. Reciclagem. Dualismo torpe que impede o mercado editorial brasileiro de avançar internacionalmente. Desconexão com outras linguagens. De tudo um pouco. Com o agravante de o Chico Anysio ter sido o primeiro extraterrestre no mundo da literatura a causar tamanho impacto de vendas. Mas onde diabos situar o teatro, o cinema, a televisão, senão na literatura? Com isto, voltamos ao plano inicial: a distinção entre o hipotético e o real. Ou a clássica relação entre a consciência e a alienação. Suspeitaremos sempre dos motivos que não permitiram até aqui que Chico Anysio fosse incluído entre nossos escritores.

O livro que temos agora pela frente apresenta um homem no que há de melhor de si: quando irremediavelmente não lhe resta mais nada. Desdobra-se como um biógrafo perdido que acaso procure estabelecer uma diferença entre o infinito e a metafísica. As mortes, anunciadas como o melhor dos casos em cada texto, refletem a idéia maluca do autor de estabelecer distinções entre suposições e convicções. O que Chico Anysio faz aqui neste livro não o distingue de casos anteriores, quando tratava da parecença como um artifício. Ao elegermos alguém como nosso fazedor de riso, torna-se complicado entender que o *eleito* expresse algo que não seja *digno* de nosso riso. Nunca entenderemos a piada que há por trás do que enaltecemos como diversidade de linguagem.

Que este não seja um livro do riso. Não há distinção, se consideramos o jogo de linguagem, a verdadeira molecagem do Chico Anysio no que diz respeito à imitação. A vida inteira por imitar. Os mais desconcertantes motivos. Não teriam mesmo que ser engraçados, todos. Nós estamos muito distantes daquilo que somos. Em nome da diversidade, ajustamos o mundo de tal forma que jamais seja compreendido. Ajustamos o mundo à nossa maneira. Os crimes aqui cometidos pertencem à mesma raiz das piadas que poderíamos buscar em um outro livro qualquer do mesmo autor: identificamo-nos na medida em que desvendamos uma razão e outra de ser.

O Chico Anysio nos persegue sempre, nós que somos *o* mundo da literatura. Ele nos fez rir a vida inteira. Talvez como Charles Chaplin. Talvez Carlos Manga tenha razão. Não há sociedade de todo imperfeita. Os hábitos quase sempre têm razão. Não fazemos idéia do que vamos rir amanhã.

Fortaleza, julho de 2008.

O SUCESSOR DE MAIGRET

1

Desde a morte do comissário Maigret, a comissaria de polícia da cidade de Paris passou a ter como chefe Jean-Luc Chablis.

A tarefa de substituir um homem com tantos sucessos à frente da comissaria exigia alguém cujo talento ao menos se aproximasse do de Maigret, que em mais de quarenta anos jamais deixara um caso sem solução.

– Não. Como Maigret, somente ele mesmo. Maigret é insubstituível – diziam todos sempre que se referiam ao velho comissário.

Maigret era de tal modo competente que, mesmo quando esteve um tempo com problemas de saúde, fora substituído apenas temporariamente. Nunca haviam colocado alguém "de vez" no seu lugar.

Havia quem garantisse a inexistência de *serial killers* na cidade-luz pela presença de Maigret, que os atemorizava e desencorajava a realizar qualquer tentativa.

Maigret, deste modo, exercia a função de chefe geral do policiamento da capital francesa há mais de cinqüenta anos, e nesse tempo nada aconteceu que lhe desabonasse a conduta. Pelo contrário: Maigret era o melhor exemplo de honradez, capacidade e talento de que o povo francês dispunha.

Nas rodas boêmias da cidade, nas quais havia os inevitáveis marginais, o comentário sobre Maigret era diferente, porque a rigidez e o patriotismo do comissário eram um enorme empecilho para que realizassem todos os malfeitos imaginados. Não era interessante arriscar, se Maigret ainda estava ali para encontrá-los e pô-los atrás das grades.

Assim, quando o velho policial faleceu, a consternação tomou conta não somente da cidade de Paris, mas de toda a França. Os jornais estamparam em manchete a notícia da morte do grande comissário, e as televisões lhe dedicaram programas especiais, que mostraram a vida de Maigret com fotos e antigas entrevistas em videoteipe.

Missas foram rezadas em todo o país, e mesmo na Suíça, onde na véspera morrera seu maior amigo, George Simenon, houve homenagens à sua memória.

– Parece que Maigret ficou ainda mais querido depois que morreu, você não acha?

O comentário de alguns não expressava a verdade. A morte apenas ressaltava seu prestígio frente ao povo, como um grito de agradecimento do mundo pelo que Maigret fizera na sua metade de século à frente da comissaria de polícia, ali à margem do Sena.

A morte de Maigret trouxe para a França um problema cuja solução teria que ser encontrada pelo sr. presidente, François Mitterand, naquela ocasião.

Ele sabia ter em mãos algo de enorme dificuldade. Precisava encontrar um homem capaz de substituir o velho comissário sem transmitir ao povo qualquer desconfiança. Tinha que ser alguém com a competência que lhe desse condição de substituir Maigret sem que dele o povo viesse a ter saudade.

Desde sua posse, nunca o presidente se encontrara em uma situação semelhante: não podia errar. O povo, que agora chorava na rua o falecimento de um ídolo, não gostaria de ver seu lugar ocupado por uma pessoa que não estivesse à altura da substituição.

"Quem? Quem poderia ser este homem?", o presidente se perguntava, enquanto imaginava uma série de nomes que passava aos seus subordinados, ouvindo de um ou de outro palavras de desacordo.

François Mitterand pediu aos seus companheiros de governo que lhe dessem um fim de semana no campo, para pensar em alguém que não tivesse desaprovação de nenhum dos seus assessores.

– Aproveitem o fim de semana e pensem em um nome. O melhor que um de nós encontrar será o sucessor de Maigret.

Isto dito, retiraram-se todos, deixando o presidente pensando... pensando... pensando... pensando...

Ele tinha esse problema sob seus olhos desde o segundo seguinte ao instante em que tomou conhecimento do falecimento do comissário. Lembrava-se perfeitamente da primeira conversa que tivera com o ministro da Justiça.

Os dois estavam sentados ali mesmo naquela sala quando o assunto veio à baila pela primeira vez.

– Não será tarefa das mais fáceis achar alguém que possa ocupar esse posto.

– Sim, sr. presidente. Estamos todos buscando alguém que não seja apenas do nosso agrado, mas também da confiança do povo, que sempre viu em Maigret a razão principal da tranqüilidade de Paris.

– Substituir a Maigret é algo que transcende os limites de Paris; algo que faz parte da própria França, pois sabemos que os comissários de todo o país sempre procuraram agir de acordo com os preceitos ditados por ele.

– O sr. presidente gostaria de indicar, pessoalmente, o substituto que porventura considere como sendo o ideal para assumir o posto?

– Vou pensar, sr. ministro, mas acredito que este homem deva sair da própria polícia.

Suas próprias palavras abriram este caminho: o de conseguir um substituto dentro da própria polícia. O presidente chegou a julgar não ter à sua espera uma tarefa tão difícil assim.

– É uma questão de saber escolher. Eu só preciso escolher a pessoa certa, nenhum bicho-de-sete-cabeças.

Com este espírito ele foi para uma chácara em Auxerre, onde costumava passar os finais de semana de grandes e complicados embaraços

Foi com a certeza de voltar de Auxerre com a solução no bolso do colete.

Como se fosse uma bobagem encontrar o sucessor de Maigret!

2

A segunda-feira chegou azul, trazida por um outono que amarelava a paisagem.

A cidade fervilhava pelas várias feiras que naquele dia estavam começando. Os hotéis lotados significavam um aumento na renda do país, o que deveria colocar um sorriso no rosto do sr. presidente.

Mas não era exatamente isto o que acontecia. O presidente tinha o cenho franzido, e nenhum dos seus asseclas parecia estar trazendo uma solução.

– Não é fácil! – disse ele, abrindo com esta frase de desesperança a reunião marcada deste a sexta-feira passada.

É óbvio que não poderia mesmo ser fácil. Esta, aliás, foi a razão para que a escolha do substituto demorasse duas semanas, com nomes indicados e preteridos pelos mais variados motivos.

Uma dificuldade que crescia à proporção que passavam os dias. A imprensa e o povo reclamavam, seguidamente, da ausência de um homem à altura do velho policial.

Todas essas dificuldades em busca de um nome que agradasse a todos, e, principalmente, atendesse ao que a polícia de Paris considerava ideal, além de ir ao encontro da aprovação popular.

Mas não foi ainda naquela segunda-feira que a nebulosa se desfez. Nem o presidente nem seus subordinados haviam encontrado um nome que pudesse satisfatoriamente substituir Maigret.

As discussões e trocas de pontos de vista inteiramente diferentes aceleraram-se em tempo e temperamento, pois houve momentos de explosão de alguém, defendendo um nome por ele indicado e reprovado pela maioria.

Acabaram-se as dúvidas, discussões, brigas e teimosias somente quando todos chegaram a um consenso: a pessoa mais indicada para ser o continuador do esplendoroso trabalho de Maigret à frente da polícia de Paris era Jean-Luc Chablis.

Pronto.

O nome de Jean-Luc Chablis teve unânime aceitação, com alguns inclusive aplaudindo a lembrança, que, para melhorar ainda mais o assunto, viera do próprio sr. presidente.

– Afinal. Creio terem valido a pena todas as discussões e desavenças, pois Jean-Luc Chablis é uma indicação que me atrevo a qualificar como perfeita, sr. presidente – comentou o ministro da Justiça, enquanto discreta e levemente o aplaudia.

– Parabéns a todos nós, sr. ministro. Eu tenho esse mesmo pensamento – disse o presidente, enquanto levava o lenço à testa para o livrar das gotículas de suor.

Afinal chegara ao fim aquela tarefa ingrata, e a vitória final servia como uma medalha à escolha que o presidente, por gentileza, tirava de si e passava aos demais. Deste modo, a escolha do sucessor de Maigret havia mesmo sido de todos, já que o empenho do grupo fora do mesmo padrão.

Jean-Luc Chablis é o homem! – foi a manchete que o Le Figaro estampou na manhã seguinte, com uma foto bem atual do policial escolhido.

Homem de grande experiência, parisiense de nascimento, tendo começado a trabalhar na polícia em Paris sob a chefia de Maigret, Jean-Luc Chablis vivera os seus dez últimos anos de vida em Marseille, ocupando, na cidade, o mesmo posto que agora seria dele em Paris.

É verdade que o tamanho e a importância do cargo de Marseille eram muito menores do que o de Paris; sim, isto era mesmo inquestionável.

Mas não era isso o que tornava a tarefa de Chablis mais difícil. A responsabilidade de assumir o posto que há tantos e tantos anos fora comandado por Maigret é que era o maior desafio a ser enfrentado.

Este sim era um desafio portentoso: ocupar a comissaria de polícia de Paris, sem, em nenhum momento, deixar o povo sentir saudade ou mesmo uma simples falta de Maigret.

Dois motivos levaram Jean-Luc Chablis a ser escolhido: os elogios que sempre lhe eram feitos pelo velho e competente comissário Maigret, com quem Chablis trabalhara por muitos anos demonstrando uma absoluta competência e profissionalismo, e a interferência do então presidente François Mitterand, seu antigo admirador, contemporâneo de escola de Jean-Luc, com quem fizera uma amizade que agora lhe valia muito. A palavra do presidente foi o passo definitivo para sua indicação para chefiar a comissaria de polícia da cidade de Paris, posto desejado por todos na polícia francesa.

– A indicaçao de Jean-Luc Chablis não apenas me deixa satisfeito, por ser um velho companheiro, mas, o principal, ela chega com o aval de todos que me assessoram, e garanto que chega trazendo ao povo parisiense uma grande tranqüilidade.

– O senhor tem toda razão. O posto de comissário está em boas mãos, sr. presidente – assentiu o ministro da Justiça, agora já respirando bem mais aliviado.

– Estou certo disso, sr. ministro. Parabenize a todos pela felicidade da decisão tomada – disse o presidente de maneira veemente, o que destacava o seu desejo de que a escolha não tivesse partido, como partiu, apenas dele, mas de um consenso total.

– Eu darei os parabéns do senhor a todos que participaram conosco desta tarefa árdua – disse o ministro antes de se retirar.

3

Chablis tinha cinqüenta e dois anos de vida, trinta deles dedicados à polícia.

Podia ter-se aposentado há algum tempo, mas insistia em recusar a aposentadoria, e o argumento usado para seguir na polícia foi sempre a grande arma que permitiu a Chablis sua continuidade no trabalho.

– Mas como parar? Se parar eu morro.

A polícia era sua vida.

Viúvo, sem filhos, vivia sozinho em um pequeno apartamento da *Rue Michellet*, em Saint Germain des Prés, prédio muito velho, de antes da guerra, servido por um elevador mínimo e com uma escada de madeira gritando por reparos.

Ali, Chablis morava desfrutando de um conforto, não mais que regular, desde seu retorno de Marseille para a Capital.

Uma empregada trabalhando por hora ia duas vezes por semana fazer uma faxina no apartamento onde os móveis eram, apenas, os necessários, incluindo uma velha televisão recebida de Jean Paul Belmondo, quando, em apenas nove horas, Chablis, naquela época ainda subordinado às ordens de Maigret, prendeu o assaltante da casa do famoso ator.

Ainda era casado quando Belmondo lhe trouxe o aparelho de TV, que ele nem quis tocar, recusando-se a recebê-lo.

– Muito obrigado por sua gentileza, sr. Belmondo, mas eu não posso aceitar.

– É um presente, inspetor. É uma forma de demonstrar meu agradecimento pelo modo tão rápido e altamente eficaz com que tratou o problema do assalto à minha casa. Este presente é o mínimo que lhe posso dar, em agradecimento.

– Obrigado, mas não posso receber um agradecimento com um presente. Isto é algo longe da minha possibilidade, porque é algo contra a lei.

A interferência da esposa, considerando absurda aquela recusa, fez com que o aparelho televisor, portador do agradecimento de Jean Paul Belmondo, ficasse no apartamento que – bolas! – era dela, também.

– Um comissário não pode aceitar presentes – ele disse, argumentando e explicando a não aceitação do televisor, um Zenith preto-e-branco.

Chablis sabia que fatos assim são sempre deturpados na polícia. Expôs o que achava a respeito do gesto tão simpático do sr. Belmondo:

– Qualquer pessoa que venha a saber que eu recebi um presente pelo simples fato de ter cumprido o meu dever julgará que eu fui subornado. A imprensa se encarregará de dizer ao povo que a comissaria de Paris está cheia de corruptos. O próprio comissário Maigret acabará se tornando, quando pouco, um conivente. Será que você não entende isso? – ele perguntava à esposa, de uma maneira muito perto de poder ser chamada de rude.

Belmondo correu em ajuda à pobre mulher que, pelas palavras do marido, já quase se acusava pelo que havia falado em favor do televisor ser aceito.

– Mas eu testemunharei a seu favor, declarando a verdade: eu quis lhe dar e lhe dei um televisor de presente – disse Belmondo, enquanto passava seu braço pelo ombro da sra. Chablis, mostrando-lhe seu apoio.

Isto era pouco para fazer Chablis mudar de idéia a respeito do que já havia declarado.

– Foi uma vontade minha – argumentou Belmondo, crescendo um pouco no seu tom de voz, na tentativa de convencer Chablis a aceitar o que ele lhe trazia como uma prova de agradecimento, nunca um suborno.

– Mas eu não posso dizer que está bem, obrigado, e ficar com este presente.

– E nem pode ser deseducado. O sr. Belmondo lhe trouxe um agradecimento, e não um suborno – respondeu a sra. Chablis. – Ele próprio acaba de dizer isso, Chablis, por que esta sua descabida e quase estapafúrdia insistência em querer ser alguém mais real do que o próprio rei?

– Alguém vai saber, minha querida, e sabendo vai considerar isto um suborno, você não vê?

– Mas não é um suborno, sr. Chablis – falou Belmondo mais uma vez, cheio de paciência.

– Eu sei que não é, sr. Belmondo, mas pode ser julgado um suborno. Quantas vezes eu terei que dizer isto, meu Deus? É apenas isto que você tem que ver, minha querida e adorada esposa.

– O que eu vejo é que você está sendo bobo, além de deseducado.

Afinal, para evitar um aborrecimento com a esposa, Chablis concordou, quando sua esposa achou a solução daquele impasse:

– Muito bem. Então, sr. Belmondo, muito obrigada pelo presente que o senhor acabar de dar para mim. Ficou melhor assim, Chablis? Foi para mim que o sr. Belmondo deu este televisor.

Chablis nada podia fazer, sendo a coisa colocada desse modo, e era por esta razão que até hoje, depois de tantos anos, lá estava, no seu modestíssimo apartamento, o televisor Zenith, preto-e-branco, presenteado por Jean Paul Belmondo à sua esposa, e não a ele, em agradecimento etc. etc. etc.

4

Chablis, pelo farto tempo de vida e trabalho passados em Marseille, tornara-se quase um estranho em sua cidade natal. Paris mostrava-se a ele uma cidade quase desconhecida, pelo tanto de anos dela afastado. A solidão costuma aproveitar-se de pessoas neste estado de espírito para as dominar. Foi bem isto que se deu com Jean-Luc Chablis ao voltar para seu velho apartamento de Saint Germain des Prés.

Chablis logo se deu conta de que era apenas um homem sozinho. Ele não tinha, em Paris, um único amigo a quem pudesse chamar de "forte". Conhecidos, sim, tinha alguns, mas amigos verdadeiros, nenhum. Chablis estava em Paris sem nem saber como poderia ou mesmo se lhe seria possível vir a desfrutar de um círculo de amizades.

O tempo, este inexorável e sempre malvado companheiro, insiste em produzir encontros e separações ao seu gosto, sem pedir a opinião das pessoas com quem mexe. Assim ele age.

Sempre é o tempo, sempre é ele o principal responsável pelo afastamento que, vez por outra, se verifica entre os grandes amigos e os velhos companheiros. Sempre o tempo é o culpado desta coisa tão sem graça.

Por esta razão, o comissário Chablis contava nos dedos de uma mão as pessoas com quem mantinha uma ligação mais estreita naquela cidade tão linda e tão charmosa que ele devia agora defender.

Paris, no entanto, com todas as qualidades da beleza e do *sex appeal*, insistia em lhe parecer um cidade estranha, onde nada lhe era costumeiro ou mesmo usual. Paris não mudara; o tempo, sim, era outro.

A expressão "mais estreita" talvez chegue a ser um exagero, pois nenhuma das pessoas conhecidas chegava a atingir este patamar da amizade. Nenhuma. Chablis chegou à janela do seu velho apartamento e não conseguiu abri-la; o tempo a havia emperrado. Ele desistiu e, sem insistir mais uma vez, voltou a sentar naquela mesmo sofá desbotado do seu tempo de homem casado.

– Fazia tempo que eu não tinha saudade. Nunca pensei que depois de tantos anos sozinho, fosse sentir tanta falta de Roxane.

Ameaçou um sorriso, recordando-se que, sempre que pronunciava o nome da esposa, imitava com o indicador um grande nariz e dizia uma frase a esmo de Cyrano de Bergerac.

Voltou à janela e mais uma vez fracassou. Virou-se de costas e, encostado à janela que teimava em não abrir, teve um momento ruim.

– Será que eu agi certo, aceitando este cargo? Será que eu terei mesmo competência para... não é para substituir a Maigret, é infinitamente mais. Eu tenho que fazer a população de uma cidade não sentir falta dele.

Era isto o que tinha a fazer. Era esta a sua mais que árdua tarefa e, nesta empreitada, ninguém mais além dele.

Jean-Luc Chablis era um homem solitário.

Acrescente-se a este fato, já por si bastante desagradável, o temperamento introvertido e as demonstrações diárias dadas por Chablis de que, para ele, tanto fazia ser um homem gostado ou odiado pelos parisienses.

Ele ali estava para cumprir o seu dever do modo que considerasse o mais certo, e seria isto que ele faria se, por acaso ou fatalidade, algo saísse fora do desejo dos habitantes daquela cidade que ele já desaprendera a chamar de "sua", como o fez no primeiro dia, o dia da sua chegada de Marseille.

Importante para o comissário Chablis era o cumprimento do dever, se possível da maneira mais correta, tentando resolver os casos e descobrir os criminosos como Maigret resolveria e descobriria, se continuasse vivo.

Aí estava o ponto: o que Chablis desejava era ter uma carreira que lhe viesse a dar, no futuro, o mesmo respeito que o povo de Paris sempre dedicou a Maigret. Está bem. Às vezes ele achava que estava querendo alguma coisa além do que lhe poderia ser possível obter, mas sonhar não era proibido.

Lá no seu íntimo, lá nos cafundós da sua alma, havia uma pequenina luz acesa que lhe servia de impulso. Chablis sabia que lá estava aquela pequenina luz, e isto fazia com que ele almejasse vir a ser conhecido e chamado pelos companheiros e pela população como um "novo Maigret".

"Por que não?", ele pensava. "Se eu fizer o meu trabalho de modo correto e não cometer nenhum erro ou qualquer extravagância, por que não? Maigret não começou diferente de mim e chegou ao cume. Por que não eu?"

Mas a admiração da população de Paris não era o primeiro obstáculo a ser saltado pelo novo comissário. Não. Antes, ele precisava cair nas graças dos seus subalternos. Havia todos os policiais da comissaria de polícia a serem conquistados. Algo, difícil e perigoso. Afinal, todos eles, sem nenhuma exceção, haviam trabalhado com o comissário Maigret. Muitos, por vários anos.

"Se eu os ganhar...", ele pensava, imaginando o que poderia acontecer quando o sr. ministro fizesse a sua apresentação oficialmente.

5

O ministro da Justiça fez a apresentação do novo comissário de polícia da cidade de Paris com muita pressa, por ter um outro compromisso agendado, junto com o presidente. Não disse mais do que seis ou sete frases e colocou Chablis à frente dos policiais, logo se despedindo.

Chablis esperou o ministro sair e então tentou algo engraçado, visando descontrair o ambiente.

– Por que ele não me levou junto?

Nada poderia ser mais agradável para o novo comissário do que a estrondosa gargalhada que sua frase conseguiu arrancar dos policiais. Ele então montou, já que o cavalo estava arreado.

– Então, vamos combinar que sabemos todos o que temos a fazer, e em dois dias saberei de cor os nomes de vocês. Quanto ao meu, quem não conseguir gravar o nome "Chablis", pode me chamar de sr. comissário. Ou comissário apenas, já que, segundo garantem, o "senhor" está no céu. Tomamos um drink para saudar este momento?

E ele, unindo o gesto à palavra, fez espocar a rolha de um champanhe de primeira, entregando a garrafa a um dos homens para servir aos demais.

Jean-Luc Chablis acabava de conseguir sua primeira vitória no novo cargo em que fora empossado. Talvez a mais difícil. Pelo menos, a mais perigosa.

Sua nomeação ter sido de tal forma bem recebida por todos da comissaria era algo maravilhoso, algo que, logicamente, representava para Chablis uma ajuda das mais preciosas. Comandar é muito difícil, mas as dificuldades diminuem quando quem comanda mantém um bom relacionamento com seus subordinados.

Chablis já tinha assumido, antes, duas comissarias não tão importantes, mas pesadas: em Lens e em Marseille, por último. Um policial, quando atingia aquele estágio em que ele estava – o mais elevado e prestigiado na polícia parisiense, era quando mais precisava estar cercado de pessoas competentes que o ajudassem a encarar e vencer os problemas a enfrentar. Quanto a isso, Chablis não tinha nada do que reclamar.

6

– Estou muito contente com a minha equipe – costumava dizer, sempre acrescentando ao final: – Mais do que contente. Estou orgulhoso de trabalhar com uma equipe desta capacidade: gente de talento, que não vive de olho no relógio esperando a hora de sair, gente disposta a fazer de tudo para resolver o que aparecer, com o maior destemor e muito orgulho pelo que faz; gente que tem, no fato de ser um policial parisiense, um motivo de alegria, respeito popular e, eu até diria, compreendendo o real sentido da palavra, de vaidade. Isto é muito importante para quem trabalha em qualquer ofício: gostar, amar o que faz; e isto é o que acontece com meus homens.

Era difícil ver Chablis sem o charuto havana, único luxo a que se dava, correspondente ao prazer que sentia soltando as baforadas sem tragar, mas estragando os dentes e, provavelmente, os pulmões.

Na mão, brincando entre os dedos, ele trazia sempre uma moeda que ninguém sabia de que país tinha vindo.

A moeda representava para Chablis o papel de um precioso talismã, um pé de coelho usado por ele desde antes de sua transferência para o comando da polícia em Marseille. Moeda que lhe fora dada por um negro de Camarões a quem ele libertou em Le Mans por ter tido a intuição de que ele não era o culpado – o que depois ficou comprovado.

– Esta moeda vai lhe trazer muita sorte, sr. comissário. É um presente meu.

Ele guardou a moeda e nunca se preocupou em tentar descobrir quanto valia ou se valia algo; sequer lhe importava saber de que país era originária. Ele a usava para fazê-la passar entre os dedos, indo e vindo.

De qualquer coisa alguém podia arranjar motivo para criticar Jean-Luc Chablis, mas ninguém, em sã consciência podia lhe tirar o adjetivo de "humilde". A ele pouco importava o que era chique, o que estava na moda, o que era certo e o que era errado. Ele fazia e usava as coisas ao seu gosto.

Seu automóvel era um Peugeot 405 já com alguns anos, com arranhões nos pára-lamas, uma das portas mostrando ter sido batida por outro carro e cheio de problemas, mas o comissário Chablis tinha amor pelo seu Peugeot e recusava continuamente trocá-lo por outro carro mais novo.

– É preciso trocar de carro, comissário, este seu carro é muito velho.

– Mais velho sou eu e estou aqui, na comissaria, ocupando o lugar de um homem que foi o meu grande ídolo. Além do mais, Fouillé, você precisa atentar para um pequenino, mas importante detalhe: eu odeio novidades e estou absolutamente acostumado ao meu pobre e muito amado Peugeot.

Era a mais cristalina verdade que ele dizia para Gerard Fouillé, seu primeiro assistente, um detetive de primeira e que, inclusive, havia sido um dos pensados pelo presidente Miterrand para ocupar o posto que hoje era de Chablis.

O comissário era assim: um homem sem "chiquês". Estava acostumado àquele velho Peugeot e um dos seus hábitos era nunca mudar de hábitos, o que mostrava ser Chablis um teimoso desses renitentes, participante do grupo dos que nunca dão o braço a torcer e odeiam mudar de opinião.

– Eu gosto muito pouco de arriscar. Prefiro a certeza pequena a uma enorme dúvida – era uma das suas frases preferidas e mais faladas.

Fazia suas refeições, semanalmente, sempre nos mesmos lugares, exceção dos domingos, quando pegava seu carro para almoçar em algum restaurante pequeno e diferente, nos arredores da cidade, quase sempre sozinho, ou na companhia de Fouillé, seu principal assessor. Nunca, porém, na companhia de uma mulher, pois, desde a morte da esposa, Chablis nunca mais teve outra namorada. Foi como se, após o falecimento, tivesse casado com a polícia. E "de papel passado".

– Casei com a polícia, Fouillé. Sou marido do meu trabalho, o que é o mesmo que dizer que eu, como os mórmons, sublimei o sexo – ele costumava dizer, como se ao falar estivesse dizendo algo que merecesse ser guardado para sempre.

Fouillé, homem de competência exemplar, algo fora do normal, sentiu-se vaidoso por ter sido o escolhido para assessorar mais de perto o sr. comissário. Sabia que esta escolha ele a devia a alguém da comissaria, mas o fato de ter sido ele o eleito o banhava de uma espécie de orgulho.

– Tenho que ter um comportamento irrepreensível, para continuar neste posto que é o que me põe mais perto do lugar de comissário se o comissário Chablis vier a faltar comigo ainda vivo – ele comentava com um ou outro dos seus colegas.

– Depois dele será você, Fouillé – garantia Brennand, um dos seus amigos mais chegados.

– Sim, Brennand, é possível, mas tudo ainda vai depender do modo como eu me comportar.

– Pra começar, Fouillé, você terá que mudar seu horário de chegada. Não mais às nove, porque o comissário é daqueles que acorda antes dos galos.

E era verdade.

7

Às sete da manhã Jean-Luc Chablis já estava na comissaria, e de lá só saía quando julgasse de fato encerrado seu expediente, com todas as providências já tomadas e determinadas para o dia seguinte. Em outras palavras: só deixava a comissaria em último caso. Dava a impressão de que, se fosse possível, trocaria seu apartamento por uma sala da comissaria e nunca mais sairia dali.

Nada havia de que gostasse mais do que seu trabalho, e tinha grande prazer de mostrar ser assim. O que também o deixava delirante de felicidade era perceber que este seu amor ao trabalho era um fato reconhecido não só pelos seus funcionários, mas pela própria população de Paris.

– Meu expediente só termina quando eu termino o que havia a ser feito no expediente – ele dizia isto todos os dias, quando percebia alguém olhando para o relógio, esperando a hora de bater o ponto e ir para casa.

Fouillé, fazendo mil rodeios, tentou incutir no comissário a idéia de um horário de entrar sessenta minutos mais tarde, já que muitos iam até a madrugada e precisavam de um descanso um pouco maior.

Jean-Luc Chablis tinha uma resposta pronta para derrubar sua argumentação.

– Fouillé, escute o que eu vou lhe dizer: o verdadeiro policial se diverte enquanto trabalha, porque ele faz a coisa que mais ama. O policial de verdade trabalha até as cinco da madrugada e acorda às sete feliz e bem disposto, pronto para outra estirada. Assim são os verdadeiros homens da lei, e assim eu quero que meus policiais sejam.

– Eu acho isto muito lindo na teoria, sr. comissário, mas na prática...

– Na prática é ainda melhor, porque a prática é o que realmente vale, Fouillé. A teoria morre quando entra a prática, e meus homens suportarão esta pequenina carga horária com altivez e sem nenhuma reclamação...

Estava naquele cargo, que muito o honrava, há seis meses apenas, resolvendo, sempre de modo eficiente, os pequenos problemas acontecidos na cidade.

Paris é uma cidade calma, no que diz respeito às intervenções violentas de bandidos e foras-da-lei, uma cidade onde não é dos maiores o trabalho dado por delinqüentes aos policiais. Raramente acontecem coisas de transcendental importância, crimes hediondos, como na América do Norte.

Até que um dia tudo aconteceu.

Seu assistente direto, Gerard Fouillé, orgulhava-se de, com apenas 38 anos, já ter sido escolhido pessoalmente por Chablis para fazer este trabalho tão importante de ser a primeira pessoa no escalão dos seus auxiliares. E foi ele quem lhe trouxe a notícia da morte de um velho policial ocorrida em Montmartre, na *Rue des Abesses*, e em circunstâncias muito parecidas com à morte de Louis Mangeraux, policial aposentado como Pierre Laverne, barbaramente assassinado há poucos dias em Pigalle, na *Rue de la Bruyère*.

– Há muita semelhança entre os dois assassinatos, muita semelhança. Isto talvez indique que o assassino seja o mesmo – pensou Fouillé, depois de verificar e examinar todo o ocorrido na *Rue des Abesses*, uma muito pacata e simpática rua de Montmartre.

Chablis estava se preparando para ir embora para casa quando Fouillé trouxe a notícia terrível que, certamente, o proibiria de sair.

O comissário tirou a boina e o paletó, acendeu um havana, e só então disse suas primeiras palavras sobre o fato.

– Sabe de uma coisa, Fouillé? Estou aqui há apenas seis meses e já sinto uma tremenda saudade do comissário Maigret. Marseille para mim é igualmente uma saudade infinda. Será que eu tenho, realmente, competência para ocupar este cargo, meu caro? Ou estarei tentando o impossível?

– Não sendo o senhor, comissário Chablis, quem mais poderia ser?

– Muito obrigado, Fouillé. Diga-me quem está cuidando deste caso.

– Os detetives Leblanc e Brennand.

– Então vamos dormir. O caso está em boas mãos. Amanhã, quando chegarmos, mergulharemos nele. Como era o nome do outro policial encontrado morto?

– Louis Mangeraux. O senhor o conheceu? Apesar de ser uma coisa distante, me parece que ele era do seu tempo antigo. Bem antigo, aliás. Mangeraux. Louis Mangeraux. O nome lhe diz alguma coisa?

– Tenho uma vaga lembrança, Fouillé, de tê-lo visto um dia, na nossa casa. Eu era menino. Louis Mangeraux me soa como um nome familiar. Deve ter sido amigo do meu pai. O nome, por ser raro, ficou na minha cabeça. Preciso vê-lo, mas acho muito provável que tenhamos nos conhecido. Vamos ver isto. Mas amanhã. Agora eu estou muito cansado para raciocinar. Amanhã, se você não se importa.

– Mas é claro que não, sr. comissário. Amanhã começaremos a caçada. Deixe-me ajudá-lo a vestir o seu sobretudo.

Era princípio de dezembro, final de outono, e a temperatura já andava na casa dos cinco graus. Paris fica ainda mais bonita no outono, quando o chão se cobre de folhas e as árvores adquirem um tom amarelado que as embeleza.

Os pintores do Rive Gauche parecem ficar mais inspirados e os vendedores de livros antigos e revistas fazem mais negócios. Os turistas, nesta época do ano, são em número infinitamente menor do que em julho, por exemplo, quando a França inteira abre os braços para estrangeiros, o que nem é do inteiro agrado dos parisienses. Eles são exageradamente exclusivistas e querem que Paris seja somente deles.

Fouillé levou o comissário até o velho Peugeot e ali permaneceu durante o costumeiro tempo – cinco minutos, pelo menos, tempo que o velho Peugeot demorava para pegar, como todos os dias.

O carro demorou, mas, afinal, o comissário conseguiu fazê-lo funcionar, expelindo uma fumaceira absurda pelo cano de descarga.

– A polícia deveria dar ao senhor um carro mais novo, comissário.

– Eu devolveria, Fouillé. Eu gosto é deste meu Peugeot. E, por favor, pare de ficar falando nisso, antes que me dêem um Renault do ano. Eu estou acostumado com este carro. E ele também está acostumado comigo. Já aprendemos, os dois, a suportar, sem irritações e reclamações, os nossos defeitos, que para nossa mútua alegria são bem poucos.

Fouillé sabia que o comissário Chablis realmente devolveria um carro novo que lhe fosse dado. Ele gostava era, de fato, daquele velho Peugeot, que enfim conseguira pegar.

– Até amanhã, Fouillé.

– Até amanhã, sr. comissário.

Chablis afastou-se na velocidade possível àquele velho automóvel, deixando Fouillé parado ali, em pé, com um pensamento:

"É verdade. O que o senhor comissário disse agora foi uma grande verdade. Eu também fiquei, exatamente como ele, com uma grande saudade, uma saudade sem tamanho do comissário Maigret. Nunca trabalhei diretamente com Maigret, nunca sequer tive relações mais próximas, mas, mesmo assim, sinto neste momento, como disse Chablis, uma falta que não tem tamanho."

8

No dia seguinte, pontualmente às sete da manhã, o velho Peugeot, tossindo como um enfisemático, afinal conseguiu ser encostado na sua vaga cativa, uma que ficava em frente à porta principal da comissaria.

O comissário Chablis, sempre sem a menor pressa, desceu, verificou se as quatro portas do Peugeot estavam trancadas e entrou na comissaria, onde Leblanc e Brennand o aguardavam na companhia de Fouillé.

Chablis primeiro entrou, livrou-se da boina e do sobretudo, tirou o paletó de tweed, surrado, comprado, no mínimo há uns quinze anos, nas *Galeries Lafayettes*, arrumou os suspensórios, acendeu um havana, sentou-se na sua cadeira atrás da mesa de trabalho, pôs em ordem alguns papéis, deu duas ou três baforadas de bom tamanho, olhando a fumaça fugir pela janela, e então falou:

– Bom dia, meus jovens.

– Bom dia, comissário – responderam, em coro, os três policiais.

– Então, além do que as mulheres devem vestir na próxima estação, Paris está criando agora a moda de matar ex-policiais, não é, também, o que lhes parece? É o segundo nos últimos quatro dias, e ninguém em sã consciência pode garantir que seja o último. É uma moda indesejável, temos que concordar. É, quando menos, um hábito que, além de brutal e imperdoável, depõe contra a cidade e contra sua polícia, pois nada pior para uma equipe de policiais do que, antes de um crime ser desvendado, outro semelhante ser perpetrado. É lógico que resolveremos os dois, mas o povo sempre duvida. O povo só gosta da polícia quando precisa dela, já que, fora disto, ele odeia os policiais. Mas, como não podemos mudar a cabeça do povo, vamos ao assunto que temos em mão para resolver, e que certamente fará ferver as nossas cabeças. Onde foi que este segundo crime hediondo aconteceu?

Brennand, mais antigo que Leblanc, considerava-se, por esta razão, o chefe da dupla de inspetores. Foi por isto que ele se adiantou, tirou do bolso uma pequena caderneta de anotações e, procurando demonstrar grande competência, pôs-se a fazer o relato de tudo que já descobrira, contar o que sabia.

– Pierre Laverne foi encontrado morto, estrangulado muito provavelmente com uma echarpe, na *Rue des Abesses*, por volta de nove horas da noite de ontem.

– Eu conheço essa rua. É muito tranqüila para nela se cometer um crime.

– Concordo inteiramente, comissário. Precisamos ir adiante para entender.

– Muito bem, inspetor Brennand. Vamos adiante.

– Quem encontrou o corpo foi um pintor brasileiro que há anos mora em Paris e tem seu atelier defronte ao local onde ele mesmo achou o corpo.

– A que horas o corpo foi encontrado pelo pintor brasileiro, Brennand?

Nove e pouco da noite.

– E que fazia o pintor às nove da noite, no seu atelier? O comum não é pintar de dia?

– Perguntamos isto e ele nos respondeu que ali estava embalando umas telas para mandar para a Bélgica, pois dentro de quarenta e poucos dias ele irá fazer uma exposição em Bruxelas. Demorou mais do que o esperado e, quando desceu para colocar uma moeda pelo estacionamento do carro, viu o corpo inerte na calçada. Não tocou nele e ligou imediatamente para nós, colocando-se ao nosso inteiro dispor para qualquer ajuda que puder vir a nos prestar. Tenho comigo o telefone dele e o endereço do seu apartamento.

– Então, Laverne foi morto estrangulado antes das nove em uma rua pacata e muito tranqüila de Montmartre, e se não fosse o pintor precisar colocar uma ficha de estacionamento, talvez até agora estivesse lá. É isto? As pessoas que passam por aquelas ruas, à noite, conseguem encontrar moedas, mas um corpo, temos que convir, não é uma coisa comum de se encontrar em uma calçada da pacata *Rue des Abesses*, às nove horas da noite.

Brennand expôs a sua teoria sobre como o crime teria acontecido.

– Eu tenho uma opinião sobre este caso, sr. comissário. Se o senhor me permitir...

– Permitir, Brennand? Eu exijo que você me exponha a sua teoria.

Brennand sentiu-se importante por um momento, dando ao comissário a sua versão, que ele apostava estar correta.

– A minha opinião, sr. comissário, é que Laverne não foi morto na *Rue des Abesses*, mas noutro lugar, e o seu corpo foi jogado ali um ou dois minutos antes do pintor descer do seu atelier. Por esta razão vemos uma semelhança com a morte de Louis Mangeraux, cujo corpo foi encontrado, como sabemos, em uma rua movimentada de Pigalle, por volta de oito e meia, igualmente estrangulado. Eles não foram mortos, sob o meu ponto de vista, no lugar onde os corpos foram encontrados, mas já estavam mortos quando foram apenas despejados ali.

Chablis começou a brincar com a sua moedazinha, fazendo-a correr entre os dedos. Deu duas baforadas em seu havana perfumado, pensou dois minutos aproveitando o absoluto silêncio mantido na sala e seguiu interrogando o detetive.

–E qual a conclusão a que você chegou, com a sua teoria? O que é que você tem a nos apresentar, Brennand?

– Eu não diria conclusão, sr. comissário, porque a conclusão logicamente será tirada pelo senhor. O que eu tenho, após raciocinar sobre os acontecimentos, é apenas uma teoria.

– Muito bem, Brennand. Uma teoria já é muito, e se ela é a sua tem outro tipo de importância.

Prepararam-se todos para ouvir a explanação de Brennand sobre o que ele achava daquilo tudo.

– Minha teoria nada tem de especial e, possivelmente, é a mesma de todos, ou quase todos nós - começou Brennand, querendo tirar da sua teoria a grande responsabilidade que ele possuía, desde que emitida. – Para mim, sr. comissário, os dois crimes foram cometidos pelo mesmo homem, usando o mesmo estilo nos dois assassinatos. Estrangulamento feito, provavelmente, com uma echarpe, pela marca deixada na garganta e já comprovada pelos exames de laboratório, assim como igualmente pela perícia.

– E por que este homem matou os dois? – perguntou o comissário, em busca de uma novidade qualquer. – Acredita que seja alguma coisa premeditada ou pensa tratar-se de um louco? Parece que todos os loucos do mundo resolveram de uma hora para a outra mudarem-se para cá.

– Um louco, talvez, sr. comissário, mas ainda não tenho minha opinião inteiramente formada a esse respeito. Que pode ser um louco, não há a menor dúvida, mas não considero esta possibilidade como sendo a única.

Sem parar de brincar com a moeda, Chablis ficou alguns momentos acompanhando a fumaça do seu havana e então dirigiu-se a Leblanc.

– E a sua versão, Leblanc? Diga-nos qual o seu pensamento a respeito do caso.

Leblanc adiantou-se e, igualmente portando a caderneta de anotações, apresentou ao comissário a sua teoria.

– Paris é uma cidade onde este tipo de crime raramente acontece. Talvez tenhamos uma cidade que, além de linda, é das mais pacatas do mundo. Concordo com o sr. comissário quando ele diz que os loucos preferem Paris. Mas são loucos mansos, geralmente gays de outros países, e não bandidos. Somos habitantes de uma cidade inteiramente diferente de Nova York, por exemplo, e estamos enfrentando um tipo de crimes *made in USA*. É exatamente isto aí que me deixa surpreso e impossibilitado de ter, desde agora, uma opinião formada.

– Eu pedi a sua versão a respeito dos crimes, não sua opinião. Vamos, então: qual é a sua versão, meu caro Leblanc?

Leblanc levantou-se calmamente, olhou um a um os seus colegas dentro dos olhos e dirigiu-se ao local que todos ocupavam no momento de emitir seus pontos de vista.

– Acredito que seja um louco que, por um motivo que ainda não sabemos qual, resolveu sair por aí matando policiais. Quem sabe, mesmo, um americano, porque na América do Norte são comum insanos deste tipo, como os que entram em bares, supermercados e universidades e saem matando, metralhando quinze inocentes. Aqueles que eles chamam, por lá, de "franco-atiradores". Mas estas coisas, felizmente, não acontecem na nossa cidade.

– Ex-policiais, Leblanc. Os dois eram aposentados há bastante tempo. Alguém tem alguma sugestão de por onde devemos começar a investigação? – perguntou o comissário, sem os encarar.

Um grande silêncio foi a resposta. Nenhum deles se atreveria a indicar o caminho a ser tomado, quando sabiam ser este um direito exclusivo do comissário. Ali estavam apenas aguardando suas ordens.

– Vamos procurar saber o ano em que os dois se aposentaram e tentar uma ligação entre os crimes. Acham que é um bom começo? Estou inteiramente aberto a aceitar sugestões.

– O melhor, sr. comissário – disse Fouillé, tomando para si este trabalho. – Tenho quase certeza de que há uma ligação entre os dois crimes. É por aí que nós devemos entrar; é por onde temos que dar os nossos primeiros passos.

– Obrigado, Fouillé. Quanto a vocês, vão às casas dos assassinados e vejam se as viúvas estão precisando de algum auxílio, de qualquer coisa que possamos fazer por elas. Não resolverá nada, mas estaremos dando a impressão de que a cidade de Paris se interessa por elas e a certeza de nós, da polícia, estarmos agindo na busca de quem matou seus maridos.

Os três saíram da sala do comissário, que guardou a moeda e abriu, sobre a mesa, o mapa da cidade de Paris, fazendo um xis vermelho nos dois lugares onde os corpos haviam sido encontrados.

Pouco depois, o detetive Phillipe Bandignon entrou na sala do comissário e, desafortunadamente, lhe deu motivo a fazer mais um xis no mapa.

– Jean Marie Pernaud, ex-policial, foi encontrado morto esta manhã no Boulevard Saint Germain, perto do Hotel Madison. Estrangulado. O criminoso usou em Pernaud o mesmo método usado nos dois crimes anteriores, sr. comissário.

Chablis permaneceu na posição em que estava, de costas para a porta e olhando a árvore, já praticamente sem folhas, através da janela. Aquela mesma árvore que o ajudava a pensar, tão integrada à sua vida e a qual ele tomara a si o direito de batizar. Chablis deu à árvore por quem tinha muita simpatia o nome de Marie.

Bandignon achou que o comissário não ouvira o que ele acabara de falar e repetiu.

– Jean Marie Pernaud, ex-policial...

– ...foi encontrado morto esta manhã no Boulevard Saint Germain, perto do Hotel Madison, estrangulado muito provavelmente com uma echarpe. Eu ouvi o que você falou, Bandignon. Eu estava apenas pensando que precisamos encontrar esse louco imediatamente, antes que ele acabe com nossos velhos policiais aposentados. Avise ao laboratório. Quero que, além da autópsia, sejam procuradas impressões digitais nas roupas, nos sapatos, nos chapéus, em tudo que usavam. Diga que eu exijo que, desta vez, o laboratório faça mais do que lhe é possível fazer. Quem foi capaz de descobrir que o criminoso usou uma echarpe para estrangular os dois primeiros mortos, terá capacidade de descobrir muitas outras coisas que nos ajudarão.

Bandignon ia embora e resolveu ficar mais um instante para fazer ao comissário uma pergunta que já há algum tempo o mortificava.

– O senhor acredita realmente que seja um louco, sr. comissário?

– Se acreditasse, Bandignon, eu é que seria um louco. Mas, por outro lado, meu caro, não acreditar talvez seja uma loucura ainda maior.

9

De todos os colaboradores, o que mais se entregou à busca de uma pista foi Fouillé, que praticamente passou a noite em claro tentando encontrar um elo entre as duas mortes sobre as quais sabia.

Ele trabalhou sem parar praticamente trinta e seis horas e, afinal, chegou a um ponto que poderia ser bem interessante para todos.

Às cinco da tarde, então, Gerard Fouillé entrou na sala do comissário Chablis com grandes e boas novidades. Pesquisara tudo, procurando uma ligação entre os mortos, e descobrira algo que parecia muito importante.

Parabéns, Fouillé. Vejo que acertei ao escolher você como meu braço direito. Diga lá o que encontrou, meu amigo.

– Parece que, para podermos iniciar uma investigação profícua, encontrei um bom lugar onde podemos colocar os pés, sr. comissário.

– Vamos ver, Fouillé... vamos ver.

– Descobri que, no ano anterior à aposentadoria dos assassinados, um homem foi demitido da polícia por motivos bastante estranhos. Estes que morreram faziam parte da cúpula da polícia e foram três dos responsáveis pela demissão de Abdul Labaque, um policial argelino com já dezoito anos de serviço.

– Qual o motivo da demissão deste argelino, meu caro Fouillé?

– Extorsão, sr. comissário.

– Extorsão é uma das coisas que mais me irritam, principalmente quando partida de um policial. Tratava-se de que tipo?

– Labaque cobrava segurança a algumas lojas da *Avenue de Choisy*, lá para o *arrondissement 13*. Aquela velha história da proteção, inventada pela máfia de Al Capone em Chicago. Um comerciante o denunciou, ele passou a ser observado, a polícia colocou alguém como novo proprietário de uma loja de brinquedos, e Labarque, desse modo, foi preso em flagrante.

Não era um motivo para choque porque Chablis conhecia dessas histórias há muito tempo. O que lhe deixava profundamente irritado era o fato de as pessoas sempre darem preferência aos becos, em vez de andar pelos *boulevards*.

– Por que as pessoas não procuram imitar as coisas boas, em vez de se dedicarem a copiar tudo de errado que os filmes mostram?

Chablis chegou a ter ódio desses filmes americanos que vivem dando idéias maravilhosas de como se pode cometer um crime.

– Abdul Labaque, se ainda está no mesmo endereço, mora na *Rue Tandou, 101*, no *arrondissement 19*. Verifiquei no mapa. Fica perto do *Quais de la Loire*. O senhor acha que eu devo ir visitá-lo e, aproveitando, fazer-lhe algumas perguntas, sr. comissário?

– Não é má idéia, Fouillé. Acho que será muito proveitosa para nós uma entrevista com esse argelino. Ou mande Bandignon. Você está sem carro ainda?

– Não senhor, sr. comissário. Meu Citroën quatro cavalos já está pronto.

– Então ponha os quatro cavalos do seu Citroën à galope na direção da *Rue Tandou*, e cuidado para não sair de Paris. Ou melhor: não vá você. Talvez sua presença aqui me ajude mais. É preferível deixar mesmo Bandignon cuidar disso. Será pelo menos um descanso para o seu Citroën, único automóvel de Paris que consegue o grande feito de ser infinitamente pior do que o meu.

Os dois riram e em seguida Fouillé chamou Bandignon, o pôs a par do assunto e o mandou à casa do argelino.

Enquanto isso, por enorme insistência do comissário Chablis, Fouillé fechou-se na sua sala para dormir uma ou duas horas no velho sofá que lá havia, já que seus olhos mostravam a noite mal dormida e o excesso de cansaço.

– Preciso de você inteiro, Fouillé. Durma um pouco. Darei ordens expressas para que seu telefone não toque e ninguém o interrompa.

– Sr. comissário, eu...

– Eu sei que você não precisa, mas eu preciso, e muito, deste seu pequenino sono reparador. Quando Bandignon voltar da casa do argelino eu o acordarei.

Este último argumento foi suficiente para ele aceitar a idéia do comissário e deitar-se no sofá de sua sala.

Dez segundos depois de deitado, Gerard Fouillé já pegara no sono. O comissário fechou a persiana da sala e saiu sem fazer qualquer barulho, deixando dormindo seu principal e mais brilhante auxiliar.

– Gerard Fouillé, sem medo de estar errado, será o meu substituto, quando eu morrer.

10

Bandignon parou à porta do prédio onde Labaque morava e recuou um passo para ver o prédio de alto a baixo.

Era um edifício antigo, em uma rua muito afastada, já no último subúrbio de Paris. Mas, estranhamente, o prédio ainda usava o antigo hábito de ter um porteiro, luxo que não combinava com o estado geral do edifício, sem sombra de dúvida construído antes da guerra, com a pintura descascando e a evidência de descuido saltando aos olhos.

Bandignon entrou e caminhou até a pequena mesa, onde, sentado em uma cadeira mais velha que ele próprio, o velho porteiro tirava um cochilo. Bandignon tossiu para o acordar. O porteiro quase deu um salto, ao abrir os olhos.

– Sim, senhor. O que é que deseja?

– Procuro o apartamento do sr. Labaque.

Ao falar, Bandignon tirou do bolso a sua carteira de policial e a exibiu ao velho porteiro, o que fez o homem levantar-se apressado e o levar até o pequeno elevador, com portas de correr, onde não cabiam mais do que três pessoas.

– Quarto andar, apartamento 42 – disse o porteiro.

Bandignon usou aquele elevador, que por ainda funcionar poderia ser colocado na relação dos milagres da atualidade, e chegou ao quarto andar. Com facilidade localizou o apartamento 42.

Bateu à porta e quase imediatamente ela foi aberta. O próprio Labaque abriu.

– Boa tarde. Meu nome é Bandignon e eu sou da polícia, sr. Labaque.

Labaque escancarou a porta, feliz, dando entrada a Bandignon. Estranhamente, ele mostrava uma enorme alegria por vê-lo ali, no seu apartamento. Isto era visível e Labaque não estava fazendo de conta: ele não "representava" a felicidade, mas realmente a sentia.

– Entre, por favor. Sente-se, sente-se. Oh, que alegria. Ainda bem que você apareceu. Eu estava resolvido a procurar a polícia hoje, e, felizmente, a polícia veio a mim. Mas não fique aí parado. Vamos. Entre e sente-se.

Bandignon não entendia aquela alegria quase exagerada por parte do argelino e isso punha-lhe uma pulga atrás da orelha. O mais provável era ele estar fingindo a alegria para desviar a atenção do policial. Mas... diabos! Nenhum ator conseguiria fingir uma alegria de modo tão sincero. Bandignon, então, sentou-se e começou a cuidar do que o levara àquele fim de mundo.

– Deseja fazer alguma confissão? – foi com esta pergunta à queima-roupa que começou o seu trabalho, olhando dentro dos olhos de Labaque.

A pergunta, assim a seco, provocou um grande susto no argelino, a ponto de o fazer dar um salto, pondo-se em pé.

– Confissão? Eu? Como confissão? Do que é que você está falando?

– Eu estou calado – disse Bandignon sem o menor abalo. – Fale o senhor.

Labaque ficou parado um tempo olhando Bandignon, que se mantinha imóvel, sem sequer piscar, de olhos fixos nos olhos do argelino. Então Labaque foi até a porta e a trancou à chave, tomando o cuidado de, em seguida, passar os dois trincos de segurança. Somente depois disso voltou e sentou-se ao lado do policial, visivelmente nervoso.

– Veja como eu estou, senhor... senhor...

– Bandignon.

– Pois veja, senhor Bandignon, qual é o meu estado de nervos atual.

Ele estendeu o braço com os dedos abertos, mostrando o quanto sua mão tremia. Falou baixo, mostrando temer estar sendo ouvido por alguém. Mas somente os dois estavam no apartamento. Bandignon, enquanto o observava calado, pensava sem parar no que o argelino estava querendo com todos aqueles cuidados. E Labaque não demorou a declarar a razão de tanto temor.

– Eu quero que a polícia me dê segurança – ele disse, afinal, com a voz trêmula, mostrando que o seu pavor de agora, como a alegria de antes, era real.

– E por quê?

– Eu conhecia os dois homens que morreram. Os dois assassinados eram, não digo grande amigos, mas pessoas muito conhecidas por mim.

– Sim? Isto é interessante.

– Não, Bandignon. Para mim isto é preocupante. Tanto Mangeraux como Laverne foram meus colegas quando eu trabalhei na polícia de Paris. Eles dois foram assassinados pela mesma pessoa, tenho certeza.

– Esta é também a nossa opinião. Eu tinha quase certeza, mas o fato de o senhor já saber da morte de Mangeraux, ainda não publicada pelos jornais, fez minha certeza logicamente aumentar. Como foi que o senhor soube de Mangeraux ter sido morto, sr. Labaque?

– Pela televisão. Não faz mais que alguns poucos minutos. Acaba de ser dada a notícia, no telejornal. Quem matou os dois foi a mesma pessoa, e isso é uma coisa de que eu tenho absoluta certeza. Sou capaz de apostar a minha vida: o assassino dos dois é um só.

– Como pode ter esta certeza tão absoluta, sr. Labaque, a ponto de se propor a nela apostar a sua própria vida? Nós, que estamos fazendo as investigações com um cuidado quase excessivo, ainda não temos certeza de nada, e o senhor aqui, morando longe de tudo...

– Ora, Bandignon... Os crimes têm características muito parecidas. Eu trabalhei quase vinte anos na polícia, sei como se faz uma investigação. Sei como se deve proceder em crimes assim. É a minha experiência passada quem me garante tratar-se de um único criminoso.

Sentiu que as perguntas que trazia preparadas para fazer ao argelino já tinham, em sua imensa maioria, perdido a razão de ser. Ele precisava achar outro fio para puxar a meada. Achou que precisava de um tempo, sem que Labaque percebesse que ele estava desorientado. Assim, levantou-se, foi até a janela e puxou um pouco a cortina para olhar lá fora. De lá fez a sua pergunta.

– Está muito nervoso, sr. Labaque. É a minha presença que o coloca assim?

– Não, não. Quem me põe neste estado de nervos é o medo, sr. inspetor. Eu estou simplesmente apavorado. Apavorado, o senhor ouviu bem?

– Mas este pavor tem que ter uma razão, um motivo qualquer, senhor Labaque.

– Estou com muito medo de que por um motivo ou outro eu esteja na lista deste débil mental. Estou nervoso porque tenho medo de ser o próximo. O senhor agora deve entender o meu nervosismo, não é assim?

Labaque falou e se pôs de joelhos à frente de Bandignon enquanto se agarrava às suas mãos, em um desesperado pedido de amparo. Bandignon discretamente tirou as mãos do argelino das suas, fez com que ele se pusesse em pé e então continuou com as perguntas.

– E por que o senhor abandonou a polícia de forma tão, eu diria, intempestiva? Não estava satisfeito com o trabalho?

Se Bandignon esperava ouvir uma mentira, uma desculpa qualquer, errou redondamente, porque a resposta de Labaque teve uma sinceridade enorme.

– Eu não deixei a polícia, inspetor Bandignon; eu fui posto para fora, fui expulso da polícia acusado de extorsão. Eles não gostavam de mim, pelo fato de eu ser argelino. Caí em uma cilada bem urdida e fui demitido, perdendo todos os meus direitos.

Disso Bandignon já sabia antes de ir ao apartamento de Labaque. Mas precisava saber mais, entrar nos detalhes, tomar conhecimento das minúcias. Pelo menos sob o ponto de vista do argelino.

– Mangeraux e Laverne faziam parte dos que trataram da sua expulsão, sr. Labaque? De uma maneira ou de outra eles tiveram, digamos assim, "culpa" na sua expulsão da polícia?

Labaque, por sua experiência como policial, entendeu a intenção de Bandignon com sua pergunta, mas ele se julgava capaz de sair de qualquer armadilha. Falava a verdade, e a sua verdade era capaz de resistir às maiores ratoeiras que lhe fossem colocadas. Respondeu, desse modo, o que achava que deveria ser respondido.

– Sim. Acho que sim, mas isto não vem ao caso. O que me amedronta é que este assassino está matando gente daquele tempo, do meu tempo. Eu conhecia muito bem os dois assassinados. Quem me garante que eu não seja o próximo? Meu nome pode perfeitamente estar na lista dele, como disse. O seu nome não, mas o meu sim. Se você, Bandignon, estivesse na minha situação, não estaria tão nervoso quanto eu estou? Diga, sr. inspetor. Não estaria assim, apavorado?

– Não posso garantir nada, sr. Labaque. Nem mesmo que não seja o senhor o assassino.

Labaque deu um pulo, enquanto quase gritava sua resposta à frase para ele infeliz de Bandignon.

– Eu, o assassino?

– Sim. Por que não? Pelas suas próprias palavras, quem está matando é alguém "daquele tempo". O senhor mesmo se diz "daquele tempo", ou seja... por que não ser o senhor? Aliás, como pertenceu tantos anos à polícia, sendo sempre um detetive exemplar, o senhor já deve ter percebido que eu vim à sua casa por considerá-lo um suspeito. Provavelmente o suspeito número um. Não é uma honra ter sido eleito o suspeito número um de dois crimes tão bem cometidos, embora, para nós da polícia, ainda mais indecentes que os crimes normais?

– O que exatamente você está querendo dizer?

– Não estou querendo, Labaque; eu estou dizendo. O senhor tem um motivo suficientemente forte para os eliminar. Eles faziam parte dos que determinaram sua expulsão da polícia, quando o senhor jogou fora, por sua culpa, porém por intermédio deles, os seus tantos anos de policial. Não acha um motivo altamente aceitável, sr. Labaque, para que este "débil mental" a que se referiu seja o senhor mesmo, ou, na minha posição, não acharia esta possibilidade admissível?

Bandignon levantou-se e foi sentar-se em uma cadeira ao lado de Labaque. Então mudou o seu tom de voz. Passou a falar amistosamente.

– Eu gostaria muito de ouvir o que você pensa a respeito desses dois crimes asquerosos. Por favor, me diga o que você pensa deles.

Primeiro, Labaque olhou fixamente para Bandignon. Depois, lentamente levantou-se, foi até sua velha geladeira, de onde tirou uma garrafa e serviu-se de meio copo de água. Então virou-se para ele e finalmente falou.

– O sr. inspetor Bandignon, da comissaria de polícia da cidade de Paris, veio à minha pobre residência para saber qual a minha opinião. Ora, mas é uma honra muito grande para mim, que não passo de um ex-policial demitido sem direito a nada. Pois o senhor saberá o que eu acho, sr. inspetor.

E então mudou seu tom de voz para uma sucessão de gritos.

– Eu acho que o senhor está absolutamente louco! Eu quero proteção. Eu ia hoje à polícia. Já lhe disse isto e repito agora quase implorando: eu preciso, eu necessito, eu quero proteção! Tenho direito a esta proteção. Nasci na Argélia, mas sou cidadão francês e, como cidadão deste país, a polícia tem o dever de me dar a proteção que eu peço!

Bandignon não se impressionou com o modo de Labaque pedir proteção, apesar de não gostar de gritos. Sem mover um músculo da face, mantendo-se imperturbável, falou:

– E quem não quer proteção, sr. Labaque?

Levantou-se, mostrando que já estava de saída. Labaque, no entanto, o segurou fortemente pelo braço, impedindo-o de sair. Agora falava quase sussurrando. Era como se fizesse uma oração, uma solicitação em uma prece.

– Proteção, por favor. Não me deixe ser morto. Eu posso não ter sido um bom policial, posso ter cometido erros, não reclamei quando me expulsaram, mas isto não é motivo para que me deixem assim. Pelo amor de Deus, sr. inspetor, eu preciso de proteção.

Bandignon foi ainda mais frio do que tinha sido durante toda a entrevista com o argelino:

– Como é que me pede proteção, sr. Labaque, se isto era o que o senhor oferecia e vendia aos comerciantes da *Avenue de Choisy*?

– Foi um golpe sujo que me aplicaram, já lhe disse. Eu sou uma vítima.

– Estou morto de pena do senhor, mas por favor não saia de Paris, e se souber de algum fato que possa nos ajudar, telefone para nós.

Bandignon tirou as mãos de Labaque dos seus braços, colocou um cartão sobre uma mesinha, abriu os dois trincos e a fechadura e, ao sair, ainda teve tempo de fazer a Labaque uma pequena recomendação, que considerou importantíssima.

– Está frio, sr. Labaque. O senhor já tem uma certa idade. Não acha que deveria usar uma echarpe?

11

Quando Bandignon, ao voltar, chegou à comissaria, já encontrou Fouillé mexendo nos arquivos, tentando descobrir quem mais estava implicado na expulsão de Labaque, porque estes facilmente poderiam vir a ser os próximos alvos do criminoso.

Fouillé já andara um bom pedaço da estrada que o levaria à descoberta do assassino. Mexendo aqui e ali em velhos arquivos, ficou sabendo de algo bastante interessante, assim como totalmente inusitado: o tribunal.

A descoberta de Fouillé era algo sensacional que somente os policiais "daquele tempo" tinham conhecimento. Ficara sabendo que fora realizado na comissaria, sob o comando de Maigret, uma espécie de "julgamento interno", com total aprovação dos funcionários, em que a decisão seria tomada por sete jurados.

Labaque havia sido o primeiro a participar deste tribunal particular da comissaria de polícia de Paris. Ele, o réu, tinha a defendê-lo no seu caso um detetive igualmente argelino, que por patriotismo oferecera-se para servir como seu "advogado". O "promotor", indicado por uma junta de detetives, com a anuência de Maigret, chamava-se Antoine Hirondine.

Isto era algo *sui generis*, e Fouillé considerou como coisa bastante útil, pois era um modo de lavar a roupa suja em casa, evitando a desagradável possibilidade de que coisas feias do interior da polícia tivessem pouso nas manchetes dos jornais – todos eles escandalosos. Sim. O tribunal de Maigret recebia o total apoio do inspetor Fouillé.

Na companhia de Bandignon, foi à sala de Chablis. Lá ele ouviu, na companhia do sr. comissário, o relato do diálogo mantido entre Bandignon e Labaque e, em seguida, comunicou ao comissário sua descoberta: o tribunal particular criado pelo comissário Maigret.

– Mas que magnífica idéia, Fouillé.

– Também penso assim, sr. comissário.

– Quando as águas se acalmarem e as coisas voltarem ao normal, podemos reimplantar aqui esse tribunal, para nosso uso, o que acha?

– Estou inteiramente de acordo. Agora, sr. comissário, se o senhor me der permissão, gostaria muito de ir à procura de Antoine Hirondine, pois, tendo sido ele o "promotor" do caso, não poderá evidentemente estar fora da lista desse louco. Posso ir, sr. comissário?

– Podemos, Fouillé. Nós iremos falar com Hirondine – disse, já vestindo seu paletó e colocando a boina.

Foram. Não foi difícil localizar a casa de Antoine Hirondine, já que ele era do tipo sossegado. Habitava ainda no mesmo lugar: *Rue Gambetta*, número 37, perto da Porte d'Orleans.

Antes de bater na porta, Chablis fez um comentário que levou Fouillé ao riso:

– A sorte da polícia é que na França as pessoas mudam muito pouco de endereço.

A porta foi aberta por madame Hirondine.

Chablis apresentou-se e a Fouillé, comunicando a intenção de conversar com Antoine por alguns momentos.

Madame Hirondine desculpou-se, pois isto seria de todo impossível.

– Antoine morreu há quatro anos em um acidente de carro perto de Juan-Les-Pins, na Cote d'Azur. Aliás, sr. comissário, pelo bom policial que foi, estranhei muito o fato da polícia francesa não se ter feito representar no funeral do meu marido. Foi coisa para mim um tanto chocante, além de inteiramente sem explicação, em virtude de o meu marido sempre ter tido um comportamento exemplar nos seus mais de trinta anos servindo brilhantemente à polícia francesa.

Chablis ficou vermelho. Ele sabia que a sra. Hirondine estava certa na sua reclamação, e tudo que dissesse ainda seria pouco diante do absurdo de Antoine Hirondine ter morrido sem que ninguém da polícia tomasse sequer o conhecimento. Ele tentou melhorar sua situação.

– Nós sentimos muito, senhora, mas tanta coisa acontece para ser cuidada, descoberta e punida que a morte do seu marido deve ter ocorrido em um momento de muito sufoco para nós e... bem... nada explica e muito menos justifica a nossa ausência. Só posso lhe pedir perdão pelo acontecido, embora esteja no lugar do comissário Maigret já não havia passado alguns meses? Mais uma vez nossas desculpas e... passe bem – disse Chablis, já puxando Fouillé pelo braço para que fossem embora.

– Acredito, sr. comissário, e o desculpo. Mas, antes de ir, quero que o senhor saiba que eu também sinto muito pela falta de solidariedade existente em nossa polícia.

Os dois saíram da casa de Hirondine envergonhados. Ele fora, de fato, um policial exemplar. Como sua morte não chegara ao conhecimento da comissaria é o que nenhum dos dois entendia.

Agora a polícia precisava encontrar esse documento do julgamento interno inventado por Maigret para descobrir quais os policiais que formavam o corpo de jurados. Não tinham dúvidas de que Mangeraux, Laverne e Pernaud eram três dos sete jurados.

Fouillé estava vermelho e encabulado.

– Desculpe, sr. comissário, ter feito o senhor vir aqui quando ele já morreu há tanto tempo. Eu devia ter checado antes. Peço desculpas, apesar de saber que minha falha é indesculpável. Era minha obrigação ter verificado tudo sobre ele antes de o chamar. Talvez não tenhamos ficado sabendo da morte de Hirondine pelo fato de Juan-Les-Pins ser uma cidade tão distante.

Madame Hirondine está coberta de razão por nos detestar. A polícia de Paris não poderia deixar de enviar alguém a representando no enterro do marido.

– Não – respondeu Chablis. – Ele é que devia ter deixado para morrer depois. Ou pensamos assim ou ficamos alguns dias sem poder trabalhar, cobertos de vergonha.

12

A lista dos jurados. Quais teriam sido os sete policiais a formar o corpo de jurados?

Este era o problema que rodava pela comissaria de polícia, bem maior do que se poderia imaginar. Cada inspetor pensava nisso, procurando descobrir uma pista que trouxesse consigo a solução dos crimes, trazendo de volta a paz ao Quais des Orfèvres.

Quando Maigret teve a idéia de resolver os problemas da polícia "dentro de casa", sem precisar levá-los a público, criou um tribunal de causas internas, com o qual todos da polícia concordaram.

Houve um comprometimento geral: os punidos cumpririam suas penas sem apelar para a Justiça de fora. Era um modo de lavar em casa a roupa suja. O desejo de Maigret era manter um respeito e uma credibilidade para a polícia, evitando que o povo viesse a saber de deslizes de policiais, por menores que fossem. Um modo, enfim, de mostrar uma polícia impecável, fazê-la obter do povo uma aceitação maior e, quem sabe, uma simpatia, por menor que viesse a ser.

Ao criar este tribunal de causas internas, Maigret estava certo.

Como sempre.

Assim foi feito no caso Labaque, cujo desfecho o expulsara da polícia. Esta, então, era a razão do argelino, cumprindo o combinado, ter pedido demissão sem recorrer à Justiça comum. Mas esse julgamento não poderia ter nenhum documento ali, no arquivo da polícia. Maigret devia ter escondido, jogado fora, queimado, ou, o que era bem mais provável, levado para sua casa.

– A neta de Georges Simenon – lembrou o inspetor Leblanc, em um ímpeto.

– O que há com a neta do sr. Simenon? – perguntou Chablis, sem entender o comentário do inspetor.

– Georges Simenon era grande amigo de Maigret. O comissário tinha-o como um verdadeiro pai. É muito provável que, por morar em uma casa tão pobre, Maigret tenha feito de Simenon o portador de todos os dossiês dos casos resolvidos enquanto houve, aqui, esse tribunal. Não podemos esquecer que Georges Simenon era a única pessoa em quem Maigret realmente confiava. Na minha opinião, ele deixou sob os cuidados do senhor Simenon tudo de que tratou na polícia, incluindo aí todo o seu arquivo.

– Sim, Leblanc, isto é perfeitamente viável. Mas e a neta do sr. Simenon? Onde é que ela entra na história?

– Eu a vi no enterro do comissário Maigret, e depois lembrei de já tê-la visto quando fui à Suíça, no dia anterior, quando do falecimento de Simenon. Estive nos dois enterros.

– Depois da parte social, que acha de entrarmos na parte policial, que é a que mais nos interessa no momento, meu estimado inspetor?

Leblanc, então, deixou os dois de boca aberta com a revelação que havia guardado para o final:

– Ontem eu vi a neta de Simenon. Ela está em Paris. Almoçava no Café des Artistes, na *Avenue Montaigne*, em companhia de uma estrangeira muito bonita que o maître me disse ter sido casada com um ex-presidente de um país da América do Sul, dona de um apartamento na mesma avenida. O senhor pensa que poderia ser interessante procurá-la, sr. comissário?

– Eu só não entendo, Leblanc, a razão pela qual você não fez isto ainda.

13

Leblanc parou o carro em frente ao Café des Artistes e o maître disse-lhe que a jovem senhora a quem procurava chamava-se Elizabeth, e morava no último andar de um dos endereços mais elegantes de Paris: *Avenue Montaigne*, número 1. Disse isso e apontou para o prédio.

Leblanc já estava em frente ao edifício, desejando ardentemente encontrá-la o mais breve possível. Identificou-se para o porteiro que, pelo telefone interno, comunicou-se com Elizabeth, obtendo dela a permissão para que o inspetor subisse.

Um mordomo o esperava, dignamente, já com a porta do apartamento aberta. Deu-lhe entrada, fê-lo sentar-se em uma das magníficas poltronas da sala e foi comunicar à sua patroa a chegada do policial.

Leblanc olhou a sala inteira do apartamento, fina e maravilhosamente decorada. Móveis antigos e quadros magníficos enfeitavam a sala do apartamento.

"Uma mulher de bom gosto", pensou Leblanc, sem parar de admirar a decoração magnífica daquele apartamento tão deslumbrante.

– O que posso fazer pelo senhor, inspetor? – perguntou a moça, entrando com um lindo sorriso e falando francês sem qualquer sotaque.

– Fala um francês perfeito, sra. Elizabeth.

– O senhor também, inspetor – disse, com um sorriso a lhe emoldurar o lindo rosto.

– Estamos procurando...

E Leblanc narrou a dificuldade em que todos da comissaria de polícia estavam envolvidos, dependendo de uma ajuda da neta de Georges Simenon, com quem Elizabeth havia sido vista no Café des Artistes um ou dois dias antes. Disse mais: que precisaria encontrá-la e ver se, com a sua ajuda, conseguiriam descobrir as pastas dos julgamentos idealizados e realizados por Maigret há muitos anos, e que nos arquivos da polícia não estavam, como nem poderiam estar.

– Então, inspetor, o senhor veio em boa hora, porque ela está aqui – disse Elizabeth, enquanto acionava uma campainha de prata chamando o mordomo, a quem pediu para trazer a neta de Simenon à sala, pois o inspetor desejava vê-la.

– Obrigado, senhora.

– Diga para ela que se trata de um assunto relacionado a seu avô.

O mordomo fez uma leve curvatura e sumiu no interior do belo apartamento, enquanto Elizabeth, gentilmente, encheu um pequeno cálice com Calvados, oferecendo-o a Leblanc.

– Calvados – ela disse. – Já que falamos em Simenon, homenagearemos a Maigret, a quem tive a honra de conhecer e que via em Simenon um segundo pai. Ofereço Calvados por saber que esta era a única bebida gostada ou, pelo menos, a preferida do comissário Maigret.

Leblanc aceitou e tomou, acompanhado da jovem, o cálice de Calvados, bebida que nem era das suas mais apreciadas, mas que não tinha como recusar, oferecida de modo tão elegante.

A neta de Simenon – Christine – entrou em seguida e, após ser informada de tudo que estava acontecendo, disse que todos os documentos referentes a Maigret foram por ele entregues ao seu avô, e garantia estarem muito bem guardados em um apartamento especialmente comprado por ele para ser usado na guarda de tudo pertencente ao ex-comissário.

– *Rue Saint Denis,* número 37 – disse Christine, ao final. – Tudo que pertencia a Maigret está neste endereço.

O inspetor anotou e Christine mostrou-se disposta a ampliar sua ajuda à polícia.

– Eu o espero lá, inspetor, hoje mesmo, se quiser, em uma hora que for da sua conveniência. Pode dispor inteiramente dos meus préstimos.

Leblanc sugeriu que cinco da tarde seria uma hora boa, dependendo da aceitação de Christine.

– Às cinco em ponto estarei lá, inspetor, à sua espera.

Leblanc saiu feliz, porém sem entender como uma sul-americana conseguia falar francês sem sotaque, ignorando o fato de que não eram somente franceses, mas também havia, por mais incrível que parecesse, muitos sul-americanos que estudavam na Suíça.

14

Chablis, ao tomar conhecimento do combinado entre Leblanc e a senhorita Christine, dirigiu-se à *Rue Saint Denis*, de modo a chegar pontualmente às cinco horas, como seu inspetor havia combinado.

– Boa tarde, senhorita. Este é o comissário Chablis, substituto de Maigret desde seu falecimento – disse o inspetor Leblanc, apresentando seu superior à neta do famoso escritor.

– Encantada, comissário Chablis. E espero que tenha, na comissaria, o mesmo sucesso de Maigret.

– Assim eu também espero, senhorita, e muito obrigado pela ajuda que nos está dando.

– Não posso dizer que seja um prazer, pelos acontecimentos que me fizeram ser procurada, mas o que estiver ao meu alcance o senhor esteja certo de que farei.

Christine abriu todas as portas das estantes aos visitantes, em um apartamento em que, além de uma pequena mesa, um conjunto de sofá e duas poltronas, todas as paredes tinham magníficas estantes, onde estava guardado todo o acervo reunido durante anos pelo comissário Maigret.

Tudo referente aos trabalhos desenvolvidos por ele ali estava, graças à ajuda financeira do seu grande amigo Georges Simenon.

– É muita gentileza sua, senhorita Christine.

– Apesar de Maigret o ter como pai, o meu avô era gratíssimo ao comissário. Nunca disse o motivo de toda esta enorme gratidão, mas falava constantemente que tudo que possuía devia a ele. Nunca entendemos bem, nós da família, de onde vinha essa ajuda de Maigret ao vovô, mas, depois da morte do comissário, resolvemos homenageá-los comprando este apartamento, que funciona como um "Museu Maigret". O que um devia ao outro ou o que o outro devia ao um nós jamais saberemos, mas o desejo sempre exposto por vovô foi cumprido, como se pode ver. Fiquem à vontade e quando saírem, comissário Chablis, por favor batam a porta, pois estou levando a chave.

– A senhorita não fica?

– Ficar, comissário, seria um modo indelicado de demonstrar desconfiança, coisa que não tenho. Sei que o senhor não retirará nenhum papel daqui sem me comunicar, como tenho certeza de que, ao voltar, encontrarei tudo arrumado, as portas dos armários fechadas e nada fora do seu lugar ou faltando.

– Eu vou com a senhorita – disse Chablis. – Você fica, Leblanc, procurando o que queremos encontrar. Preciso estar no arquivo da comissaria até às seis, pois a senhorita Françoise tem um material a me entregar pessoalmente. E tem que ser hoje, pois amanhã ela me disse que entra em suas merecidas férias.

– Vou por mãos à obra, comissário. Talvez só nos falemos amanhã, pois eu não sairei daqui sem o documento de que tanto precisamos.

Chablis e Christine desceram juntos. Ela ia para o lado oposto ao do comissário, mas mesmo assim ofereceu-se para o levar à comissaria no seu esplendoroso Renault. O comissário agradeceu sua grande gentileza, mas, depois do tanto já feito por Christine, achou mais aconselhável e educado recusar.

– De modo algum eu lhe daria mais o menor trabalho. Eu volto como vim: de metrô.

Leblanc começou da esquerda para a direita a busca, que já sabia ser dura e difícil. Havia de tudo naquelas magníficas estantes do "Museu Maigret".

Livros da maior importância e imenso valor, antigos processos, diplomas, condecorações, o modo como acompanhou e descobriu todos os casos de sua brilhante carreira, havia de tudo, realmente, nos pertences de Maigret. Mas Leblanc não sairia dali sem a relação dos sete jurados no julgamento que fizera Labaque demitir-se da polícia havia mais de trinta anos. Nem que precisasse entrar pela madrugada.

O comissário Chablis, desacostumado ao metrô, errou dois trens, só chegando à comissaria quase às sete. A senhorita Françoise, a moça do arquivo, segunda esperança de encontrar o caso do "julgamento", já não estava.

– Bem... que posso fazer, se a culpa foi totalmente minha? Boas férias para ela.

Ao entrar na sua sala, esbarrou com Brennand, visivelmente nervoso.

– Diga, Brennand. O que aconteceu desta vez para o deixar assim?

Brennand, constrangido, o informou que mais um corpo tinha sido encontrado.

– Quem, desta vez?

Era igualmente um ex-policial.

– Onde foi encontrado?

– O senhor ficará surpreso. Foi encontrado cinqüenta metros à frente do prédio onde mora Abdul Labaque.

– Na própria *Rue Tandou*?

– Sim, sr. comissário; e do mesmo modo que os outros: estrangulado. Isto é uma prova definitiva de que Abdul Labaque é mesmo o nosso homem.

– Pode ser, Brennand. Vá à *Rue Tandou* e procure interrogá-lo. Eu estarei aqui, esperando uma notícia sua. Se sair daqui será por meia hora, para comer um *croque monsieur* ou um sanduíche, aqui no Café Rose, mas a partir de agora me ponho à sua inteira disposição.

Brennand saiu quase correndo, e o comissário Chablis deu as costas para a porta e voltou-se para a janela, onde Marie, a sua árvore, já se encontrava triste por ter ficado ainda mais sem folhas.

15

Quando seu carro entrou na *Rue Tandou*, Brennand viu Labaque saindo do prédio e tomando a direção do metrô. Seguiu-o até vê-lo descer as escadas. Foi atrás dele, sem ser visto, e percebeu-o tomar o metrô na direção de Neuilly. De um telefone público ligou para o comissário pedindo autorização para entrar no apartamento de Labaque enquanto ele estivesse fora. Talvez descobrisse alguma coisa.

– Entre, mas não deixe que eu venha a saber que você fez isso – respondeu Chablis.

Brennand, sem parar de rir, dirigiu-se ao prédio de Labaque. Ninguém o viu entrar, pois já acabara o serviço do porteiro, assim como ninguém percebeu a facilidade com que abriu a porta.

O que mais chamava a atenção era a imundície do apartamento. Copos e pratos usados, roupas pelo chão, poeira nos móveis e uma completa desarrumação.

Vasculhou gavetas e armários à procura de alguma coisa que incriminasse Labaque. Ficou mais de duas horas remexendo em tudo, sem nada encontrar de interessante para auxiliar na resolução do caso.

Afinal ele achou melhor ir embora, para evitar que Labaque voltasse e o encontrasse no seu apartamento sem um mandado de busca.

Ao sair, percebeu o elevador subindo. Escondeu-se na escada e viu Labaque descer do elevador trazendo na mão uma echarpe de seda, e tranqüilamente caminhar até entrar no seu apartamento.

– Ora, que interessante – pensou Brennand. – Isto é muito interessante mesmo. Uma echarpe de seda na mão de um argelino pobre é algo tão destoante que...

Então, retesou-se e decidiu voltar voando para a comissaria. Se algum novo crime tivesse acontecido, já não restariam mais dúvidas.

Quando chegou, o alvoroço era absoluto. Um quinto policial aposentado havia sido morto. Seu corpo fora encontrado a oito quadras da comissaria, o que fazia do assassino um grande atrevido. Matar e deixar o corpo ali era um modo de chamar a policia parisiense de imbecil.

– Como foi morto? – perguntou Brennand.

– Do mesmo modo que os outros quatro, provavelmente com uma echarpe de seda. O assassino, ao deixar o corpo tão perto de nós, mostra ser atrevido, mas lhe falta imaginação para cometer os assassinatos. Há outros modos de matar fora o estrangulamento com uma echarpe de seda. O que ele quer é que saibamos ser ele o criminoso, o homem que elimina pessoas com o mesmo método. Mas por que deseja que saibamos? – perguntou o comissário, já começando a demonstrar alguma angústia pela demora do final daquilo tudo.

O que parecia a Chablis era que havia algo dirigido especialmente a ele, pois o assassino aguardara sua nomeação para iniciar sua série de assassinatos. Nao. O comissário Chablis não podia acreditar em coincidência. Alguém estava agindo contra ele, especificamente. Eram crimes cometidos de caso pensado, para desestruturar o novo comissário de polícia de Paris.

Brennand, então, contou do apartamento de Labaque, de tê-lo visto sair do elevador portando uma echarpe de seda – coisa altamente incriminatória.

– A que horas você o viu sair do elevador com a echarpe, Brennand?

– Não olhei o relógio, sr. comissário, mas era qualquer coisa por volta de sete horas.

– Quanto tempo você ficou revistando o apartamento de Labaque?

– Duas horas, não mais do que isso. Acredito até que um pouco menos.

– A que horas o viu descer ao metrô e tomar o trem na direção de Neuilly?

– Seis horas, talvez.

– Isto nos deixa bem mais complicados, porque a perícia tem certeza de que a morte do quinto homem, já identificado como Ferdinand Germain, aconteceu entre seis e sete horas. Mesmo que Labaque tivesse descido na estação seguinte, não teria tempo hábil para cometer um crime e trazer o corpo até o deixar aqui, praticamente no nosso quintal.

– Tem razão, comissário, não dá tempo.

O comissário Chablis mudou sua expressão, foi à janela, jogou um beijo para Marie, sua árvore, e, voltando-se para os que estavam na sala, completou o raciocínio que o fizera caminhar.

– Não, Brennand. Não tenho razão e dá tempo, desde que Ferdinand Germain more no itinerário que um automóvel faria, da primeira estação onde Labaque poderia ter descido até o local onde o corpo foi largado. Tragam-me o endereço de Ferdinand Germain.

Um minuto depois o endereço de Ferdinand estava nas mãos do comissário Chablis.

– Vamos usar o meu carro, e não nos esqueçamos de que precisamos dar o desconto do tempo perdido no tráfego, pois já são quase dez da noite, e às seis e meia, hora provável do assassinato, o movimento nas ruas é bem maior.

Primeiro foram à estação Nation, onde Labaque poderia ter descido, por ser a mais próxima à rua de Ferdinand.

– Muito bem – disse Chablis. – Ele entrou no trem às seis horas e desceu aqui às seis e cinco. Acione seu cronômetro, Brennand.

Começou, então, a falar, imaginando o que poderia ter acontecido.

– Labaque pegou um táxi e deu o endereço de Ferdinand. O táxi seguiu como estamos seguindo agora, devagar, imaginando o tráfego a ser enfrentado àquela hora.

Andando um pouco mais depressa nas ruas que provavelmente estariam com movimento menor e diminuindo ao entrar nos *boulevards*, certamente lotados, Chablis e Brennand fizeram o provável trajeto que Labaque faria para chegar ao apartamento de Ferdinand, sua próxima vítima.

Pararam à porta do prédio onde Ferdinand morava e Chablis começou a imaginar:

– Ele desceu do carro, entrou no prédio, caminhou até o elevador. Suponhamos que o elevador estivesse no quarto andar. Ele aguardou, como estamos aguardando agora, o elevador chegou e ele entrou. Desceu no segundo andar. Bateu à porta de Ferdinand e imediatamente saltou sobre seu corpo, envolvendo a garganta do ex-policial com sua echarpe de seda. Um minuto foi o tempo de que ele precisou para executar mais um. Agora, Brennand, o corpo. Labaque deve tê-lo envolvido em um lençol ou em um tapete, e desceu pelas escadas até colocar o corpo no carro...

A cada movimento citado Chablis parava, deixando o relógio correr.

– Agora vamos jogar este corpo lá perto da cara do comissário e de seus asseclas incompetentes – disse Chablis, imitando um acento argelino.

Chegaram ao local onde o corpo fora encontrado.

– Ele abriu a mala do carro, colocou o corpo aqui, atrás de um automóvel estacionado, entrou no táxi e foi embora. Pare o cronômetro.

– Seriam dez minutos para as sete, comissário.

– Dá tempo, mesmo que tenhamos feito o trajeto dez ou quinze minutos mais rápido.

Brennand pensou um pouco, concordando inicialmente com o raciocínio do comissário Chablis.

– Sim, o senhor tem razão, sr. comissário. Dá tempo, sim, porém...

– Porém, para isto, ele não teria pego um táxi, mas o carro de alguém que o ajuda.

– Era o que eu imaginava. Isto nos deixa em que situação, sr. comissário?

– Em vez de acharmos um assassino, passamos a procurar dois. Mas temos uma coisa a nosso favor. Um dos dois nós já sabemos quem é.

16

A única pessoa a não concordar com o raciocínio do comissário Chablis foi exatamente o seu assessor mais próximo, o inspetor Gerard Fouillé.

Mas, por ser a única voz discordante e não ter argumentos suficientes para tornar inválido o raciocínio do comissário, Fouillé achou preferível omitir sua opinião, guardando-a calado.

Um juiz foi acordado à meia-noite e o mandado de busca e prisão entregue ao comissário Chablis, que foi pessoalmente, acompanhado de Fouillé,

Leblanc e Brennand, ao prédio da *Rue Tandou*, onde bateram na porta de Labaque quase à uma e meia da madrugada.

Labaque abriu e os policiais entraram. Na televisão, um filme da década de 1950 mostrava vários cavalos correndo na tentativa de alcançar um que ia à frente.

Em uma olhada rápida, Brennand viu, jogada sobre um móvel, a echarpe que Labaque trazia na mão ao descer do elevador.

– Você está preso, Abdul Labaque, sob a acusação de haver assassinado brutalmente cinco ex-policiais, todos do seu tempo de polícia. E já sabemos qual o motivo que causou todos esses crimes – disse o comissário, sem tentar esconder sua raiva.

– Muito bonita esta echarpe, Labaque – disse Brennand. – Você costuma usar?

– É da minha irmã. Estive hoje com ela, tomando um chá, e ela quando foi embora esqueceu. Eu trouxe comigo para devolver depois.

– Não perguntei de quem era – insistiu Brennand. – Perguntei se você a usa. Não no seu, mas em outros pescoços.

– Espere aí – disse Labaque. – Vocês estão me prendendo pela morte de ex-policiais e acham que eu os matei com esta echarpe que minha irmã esqueceu hoje em um café? Eu nunca soube de nada mais idiota na minha vida. Eu adorarei ser preso, porque enquanto estiver na cadeia estarei livre de ser apanhado por este louco, do qual eu serei uma das próximas vítimas. Isto que estão fazendo, desculpem a franqueza, é de uma indesculpável imbecilidade, altamente lamentável para uma polícia tão capacitada como a de Paris. Digo isto se permitem que eu emita minha opinião. Lamento muito que a polícia parisiense esteja entregue a gente tão incompetente quanto a que agora eu vejo aqui na minha casa, dando-me a mais absurda voz de prisão. Muito bem. Sem reclamações. Eu estou preso.

– Nós também não temos gostado dessa imbecilidade, dessa verdadeira loucura, Labaque – disse Chablis. – O que queremos agora é que você nos diga o nome do seu cúmplice.

– Que cúmplice? Como posso dizer o nome de uma pessoa que não existe? Vocês estão inteiramente enganados. Não passam de imbecis. Imbecis, incompetentes e despreparados para o trabalho como policiais. Não sei ainda se devo ter pena da sua ignorância ou se da desproteção que dão à cidade. Eu posso provar que estive com a minha irmã hoje, tenho o testemunho do garçom que me atendeu e do dono do café onde estivemos. Eu tenho provas e a minha inocência...

– Sua inocência acabou quando você completou dez anos de idade, Labaque. Eu gostaria que me desse o endereço da sua irmã, porque o cúmplice a que me referi pode perfeitamente ser uma cúmplice, o que torna esse endereço algo de grande relevância para a solução de toda essa loucura que você vem provocando na cidade. Na casa dela certamente teremos a solução de tudo.

Abdul Labaque fez o que foi possível para os convencer da sua inocência, a começar pela idade em que estava. Não tinha mais força para estrangular ninguém. Mostrou as mãos trêmulas pelo mal de Parkinson que já o atingira. Tudo foi inútil.

– Estão perdendo tempo, comissário. Estão andando pela estrada errada. Eu trabalhei quase vinte anos na polícia e vi isto acontecer várias vezes. Quando se prende o homem errado, atrasa-se a solução do crime e dá-se ao criminoso uma enorme chance de fugir do país, de desaparecer. Ao noticiarem a minha prisão, o que estarão conseguindo é aliviar a tensão do verdadeiro criminoso, além de se submeterem ao ridículo, quando minha inocência for constatada e comunicada ao povo pelos jornais. Eu também estou com medo de ser assassinado, por pertencer à mesma época dos policiais estrangulados. Vocês sabem disso. Eu pedi proteção da polícia, por me julgar em grande perigo, não se lembram?

– Nada do que disse marca ponto a seu favor, Labaque – falou Fouillé. – Dê ao comissário o endereço da sua irmã. Quem sabe assim estaremos mais próximos de concluir pela sua inocência? E além do mais, como você disse, se queria proteção afinal vai tê-la, pois no lugar onde ficará ninguém entrará para o estrangular. Ficará muito bem guardado. De qualquer modo, sua prisão não será revelada à imprensa, e assim, se sua inocência for comprovada, seu nome continuará limpo. Não concorda que a idéia é tão boa quanto a proposta de ter a gentileza de nos acompanhar, Labaque?

Chablis sorriu e agradeceu a Fouillé o modo admirável como havia falado ao criminoso. Recebeu de Labaque o endereço da irmã, mandou que Leblanc e Brennand o levassem à comissaria e combinou com Fouillé uma visita à ela no dia seguinte, bem cedo.

Fouillé concordou e esperou a saída de todos, quando fechou a porta do apartamento.

Ele era o único a não concordar com coisa alguma do que estava sendo feito, mas não se achava à altura de contestar um fato já considerado consumado pelo comissário Chablis.

17

Enquanto dirigia seu carro a caminho de casa, Fouillé repetia sem parar:

– Está tudo errado. Tudo errado.

Lucienne, sua esposa, o esperava acordada, como era seu costume.

Fouillé chegou em casa no começo da madrugada e Lucienne, na sala, assistia à televisão. Beijou o marido e percebeu imediatamente no seu rosto uma expressão de grande descontentamento, algo inteiramente diferente do habitual.

Por conhecer o marido muito bem, compreendeu que havia muitas e importantes coisas mexendo-se em sua cabeça, fazendo-a virar de um lado para o outro sem, no entanto, chegar a um porto.

– O que está havendo, Gerard?

– Um erro, Lucienne. Acabamos de efetuar a prisão de Labaque.

– Labaque? Ah, sim, sei; aquele argelino de quem você me falou.

– Sim. Nós o prendemos há pouco, e ele não é o criminoso.

– E por que o prenderam, então?

– Porque o comissário Chablis tem certeza de que Labaque é o criminoso. Mas é um erro, Lucienne. Labaque não é o assassino.

– E quem é?

– Ainda não sei, mas Labaque é tão responsável por essas mortes quanto eu ou você. Há uma coisa errada. Há várias coisas erradas nisso tudo.

– O comissário Chablis sabe que você acha que estão errados?

– Foi ele quem prendeu Labaque. Não lhe falei nada sobre minhas deduções ou meus pensamentos. Ele é muito importante na polícia de Paris para que eu me atreva a dizer que ele está errado sem ter certeza absoluta. Mas ele está. Eu vou descobrir onde se encontra a agulha escondida nesse palheiro. Mas para isso não posso contar com o auxílio do comissário. Não. Sequer quero que ele venha a saber que, a partir de agora, começarei a procurar sozinho essa agulha, que será o que nos dará a solução.

– Acha que está agindo direito ao tomar esta decisão, Gerard?

– Não, Lucienne. Estarei agindo errado, mas não me agrada ver um homem inocente ser preso, e muito menos a rapidez com que os indícios mais idiotas foram aceitos como verdadeiros. Eu vou descobrir a agulha e enfiá-la no verdadeiro assassino. Françoise, a moça do arquivo, está de férias, mas você sabe o telefone dela, não é verdade?

– Sim, sei.

– Eu preciso dela, Lucienne.

18

Às nove da manhã, Chablis e Fouillé pararam o carro na porta da irmã de Labaque, na *Rue Verdun*, perto do aeroporto de Orly.

– Por que anda tão calado, Fouillé? – perguntou Chablis, olhando o prédio onde entrariam.

– Tenho tido uma dor de estômago que não me abandona, comissário. Nada importante. Eu domino tomando comprimidos de leite de magnésia. Por que não entramos?

– Ainda não. Sente aqui no meu carro. Eu gostaria de conversar um pouco com você, se não se importa.

– Claro que não, comissário. O senhor sabe que eu estou sempre ao seu inteiro dispor.

– Sente aqui, então, Fouillé.

Fouillé obedeceu.

Sentados no carro, os dois policiais iniciaram uma conversa, justamente o que menos interessava a Fouillé, que poderia ter que revelar a Chablis o motivo do desagradável silêncio do seu auxiliar direto, atitude incomum que muito o incomodava.

– O que está havendo, além desta dor de estômago inexistente?

– Nada, comissário. Pelo menos nada de especial. Não tenho cumprido direito com os meus deveres? Acho que o meu comportamento...

– Não com a mesma alegria e a mesma disposição de outras vezes, Fouillé. Se eu não o conhecesse, acreditaria na dor de estômago, mas o que o está magoando é uma dor na cabeça. Fale comigo.

Fouillé não tinha como sair. Arrumou-se melhor na cadeira do caquético Peugeot de Chablis e falou o que julgava ser o mínimo possível.

– Não achei certo termos prendido Labaque. Não me parece que seja ele o criminoso. As provas que temos são de uma fragilidade enorme, o tempo gasto pelo senhor e por Brennand fazendo um trajeto que nem se sabe se foi o que ele faria ou teria feito não é uma prova concludente. Mesmo a echarpe encontrada por Leblanc considero pouco para sua prisão.

– E o que sugere?

– Que continuemos no caminho em que estamos, pois agora não há como retroceder. E minha opinião, comissário, é a única destoante em toda a comissaria. Seria muita pretensão achar que eu sou o certo e todos os outros, incluindo o senhor, estejam errados. Apenas penso assim, e este pensamento de termos prendido o homem errado, além de me incomodar demais, me deixa neste estado a que nós podemos chamar de uma desagradável "dor de estômago".

O comissário Chablis tinha inteira confiança em Gerard Fouillé, mas naquele caso não lhe podia dar razão. As provas não eram tão circunstanciais assim. Fouillé estava errado. A prisão de Labaque punha fim a essas mortes inexplicáveis, que de forma alguma tornavam-se justificáveis só pelo fato de terem sido cometidas contra as pessoas que o haviam afastado da polícia. Ainda mais pelo motivo considerado justo da condenação de Labaque.

Chablis olhou Fouillé, que o encarou sem afastar seu olhar.

– Respeito seu ponto de vista, Fouillé, mas, se não se incomoda, vamos visitar a irmã de Labaque. Depois, em respeito à estima que lhe tenho e o quanto o admiro na função que ocupa, se a "dor de estômago" aumentar e você preferir se retirar do caso, eu concordarei, sem o menor ressentimento. Ficamos combinados assim?

– Como o senhor quiser, comissário. Como o senhor determinar.

– Agora vamos ver a provável cúmplice de Labaque nesses crimes irritantes e descabidos. Ouviu o que eu falei, Fouillé? – perguntou Chablis com um sorriso.

– Sim, comissário. O senhor acha esses crimes irritantes e descabidos. Eu até me atrevo a perguntar: qual crime não o é?

– Exatamente. O que acha disso?

– Acho que a frase que acaba de pronunciar talvez seja um sintoma forte de que a "dor de estômago" pode já estar chegando ao senhor.

Desceram definitivamente do carro, entraram no prédio e localizaram o apartamento de Fátima Labaque.

Tocaram a campainha e a porta lhes foi aberta por uma mulher de cinqüenta e poucos anos, muito simpática, usando uma cadeira de rodas.

– Queríamos falar com a senhora Fátima Labaque, por gentileza.

– Sou eu – disse a mulher da cadeira de rodas, enquanto uma menina de treze ou quatorze anos se aproximou. – Esta é Louise, minha sobrinha. Mora comigo e me ajuda empurrando esta cadeira, coisa altamente desagradável para nós duas. Mas então, o que os traz à minha casa?

Chablis e Fouillé trocaram um olhar e o comissário pediu desculpas por tê-la incomodado, falou de ter obtido informações erradas...

– Por que não pedem a ajuda do meu irmão? Ele pertenceu à polícia e era um dos melhores detetives no seu tempo. Chama-se Labaque, mora na *Rue Tandou*. Eu posso dar todas as informações sobre ele. Estivemos juntos ontem. Não é uma coincidência? Ontem estive com ele, tomando um chá...

Os policiais já nem ouviam mais o que Fátima Labaque seguia falando.

Pela primeira vez Fouillé viu o comissário absolutamente sem jeito. Quando se preparavam para sair, com um sorriso, ofereceu:

– Não aceitaria uma das minhas pastilhas de leite de magnésia, comissário?

19

Na comissaria, antes de se desligar do caso, opção que estava disposto a aceitar, Fouillé foi à sala do comissário Chablis levando algo da maior importância. Uma pasta que desde o dia anterior lhe havia sido entregue por Leblanc: a pasta do "julgamento" de Labaque, realizado e definido há quase quarenta anos.

– Por que somente agora está me entregando esta pasta, Fouillé?

– Porque só agora vi do que se tratava. Leblanc a colocou sobre a minha mesa ontem, então aconteceram todos aqueles problemas que nos ocuparam, a visita à irmã de Labaque... Só procurei examinar seu conteúdo hoje, mas aí está. Espero que me desculpe.

– Achou alguma coisa que nos ajude?

– Não mexi nela, sr. comissário, apenas a abri e, vendo do que se tratava, fechei-a e a trouxe ao senhor – mentiu Fouillé, que já tinha lido tudo da pasta, mas preferia que o próprio comissário descobrisse o que ele havia descoberto.

Muito bem. Vamos ver o que temos.

– Vamos, sr. comissário.

– Mas não agora. Estou formando um raciocínio e não quero me desviar do caminho que sigo.

Chablis pegou a pasta e a colocou na gaveta, dizendo ser melhor lê-la em casa. Então, Fouillé convidou o comissário para que jantasse em sua casa naquele sábado.

– Lucienne e eu completamos bodas de prata.

– U-lalá. Bodas de prata são...

– Vinte e cinco anos de casados. Não gostaríamos de jantar sozinhos, e sua presença enfeitará nossa casa, esteja certo. Espero que o senhor aceite.

– Infelizmente não posso, porque hoje farei uma coisa que não faço há mais de trinta anos. Um antigo companheiro de Marseille chegou a Paris e vou com ele ao Parc des Princes ver o jogo do Paris Saint-Germain. Veja. Até já comprei os ingressos. Espero que Lucienne e você compreendam, mas Maurice é alucinado por futebol, e eu jurei não deixar de o levar ao estádio. Ele foi quem mais me ajudou nos anos em que trabalhei em Marseille, não vejo como decepcioná-lo.

Fouillé lamentava, mas entendia. A seguir falou sobre seu afastamento do caso.

– A "dor de estômago" aumentou, Fouillé?

– Estou muito cansado, sr. comissário. Há mais de oito anos não tiro férias.

– E por que não faz uma viagem? Por que não pega Lucienne ainda hoje, não a põe no carro e a leva à Normandie, por exemplo, que deve estar linda neste final de outono? Eu o libero com o maior prazer.

Fouillé agradeceu e aceitou. Não ficaria mais de dez dias fora. Em dez dias todo o caso dos policiais aposentados mortos já seria assunto arquivado e ele retornaria, mais bem disposto e no mesmo ritmo de trabalho a que o comissário já se habituara a tê-lo. Afinal, naquela comissaria de polícia não havia outro com a mesma importância de Gerard Fouillé.

Despediram-se com um abraço amistoso e simpático, e Fouillé foi embora, pedindo antes ao comissário que não contasse a ninguém sobre aquela licença. Pelo menos nos próximos dois dias, porque achava que com dois dias de repouso já estaria morto de saudades da comissaria e voltaria ao serviço.

– Claro. Se alguém sentir a sua falta, digo que está doente e voltará amanhã. Este "amanhã" será o dia que você escolher para ser o do seu retorno.

– Obrigado, comissário. Não quero que alguém pense que eu estou fugindo do caso por o considerar difícil ou qualquer coisa assim. Se o senhor entender e puder me fazer este favor...

– Eu entendo, Fouillé. Mas há uma coisa que preciso lhe dizer antes que vá embora. Vou fazer o que você acha certo. Pensei muito e cheguei à conclusão de que a prisão de Labaque foi de fato precipitada. Temos que ter provas melhores e mais conclusivas de sua culpa, tanto que mandei soltá-lo. Gostaria que você soubesse do grande apreço que lhe tenho, ao tomar esta decisão que vai de acordo não com o meu, mas com o seu raciocínio. Labaque já está na rua. Achei que, antes da licença, gostaria de ficar sabendo da minha decisão.

– Obrigado, sr. comissário. Eu tomo a liberdade de dizer que acho que o senhor fez muito bem, porque o ex-policial Labaque deve ter sido desonesto no seu tempo de trabalho, mas, no caso de que estamos cuidando, ele é absolutamente inocente.

– Eu acredito. Tanto quanto nós.

– Exatamente – disse Fouillé, sem esconder um pequeno sorriso. – Tão inocente quanto nós.

Chablis acompanhou seu brilhante auxiliar até perdê-lo de vista na saída da porta.

Foi quando sentiu a primeira pontada no estômago. Podia-se esperar tudo, menos que o comissário Chablis viesse tão depressa a sentir aquela famosa "dor de estômago".

Chegou a pensar em chamar Fouillé de volta, em um grito, e passar o caso às suas mãos. Quem sabe não era ele o único a estar certo? Pensou, mas não tomou nenhuma providência para a volta do seu auxiliar.

Só que o incômodo no estômago já o preocupava.

– Diabos. Acho que agora eu aceitaria aquela pastilha de leite de magnésia.

20

Escondido em um prédio de onde enxergava a saída da comissaria, Fouillé viu os inspetores e os detetives saindo no final do expediente. Viu Leblanc e Brennand indo embora já quase às sete da noite, assim como a saída do perito.

Às oito e quinze o comissário saiu e conseguiu fazer pegar seu velho Peugeot, indo embora na direção que habitualmente tomava.

Fouillé esperou mais quinze minutos e entrou na comissaria, onde havia pouca gente. Entrou como se estivesse cumprindo uma das tarefas a que estava acostumado, procurando chamar a atenção o mínimo possível.

Dirigiu-se ao Arquivo Geral, onde Françoise, a arquivista, o esperava, como haviam discretamente combinado.

Fouillé admirou-se.

– Como chegou antes de mim?

– Cheguei há dois minutos, inspetor.

– E tem certeza de que ninguém a viu?

– Bem... o porteiro e as mulheres da limpeza me viram, e até trocamos uma ou outra frase. Falamos algo sobre o tempo já começar a esfriar. De especial, porém, tenho certeza de que ninguém me viu, inspetor.

– Isto é ótimo.

Fouillé trancou por dentro a porta da grande sala do arquivo geral da polícia de Paris e foi sentar-se ao lado de Françoise, a moça que se dispusera a lhe prestar a ajuda de que ele tanto precisava.

– Dispomos de, no máximo, nove horas, Françoise. Temos que ser muito rápidos e eu confio em você. Você acha que poderemos conseguir alguma coisa de útil, que nos ajude a chegar ao criminoso?

– Não tenho nenhuma condição de lhe garantir qualquer coisa, mas desde que a comissaria entrou na informática tudo fica menos difícil, inspetor. É melhor começarmos.

Puseram-se a trabalhar com afinco à procura de fatos, fotos, notícias, tudo que pudesse clarear aqueles crimes ainda tão obscuros para Fouillé.

Uma hora depois, Françoise procurou Fouillé, já trazendo notícias bem interessantes para o inspetor.

– Já localizei tudo sobre os acontecimentos de quarenta anos atrás, incluindo os recortes das matérias policiais divulgadas pelos jornais da época.

– Maravilhoso, Françoise.

– Tudo está colocado neste disquete. O senhor pode usar, se quiser, o meu computador.

– Muito obrigado. É por este disquete que eu vou começar.

A moça colocou um disquete no computador, e Fouillé foi passando e lendo, demorando-se um pouco mais quando encontrava algo que o interessava.

Françoise, ao seu lado, servia-lhe a cada quinze minutos uma pequena xícara de café, enquanto ele, com a maior avidez, passava aquele interminável desfile de recortes referentes a casos policiais acontecidos havia quarenta anos.

Em determinado momento parou e viu a notícia do pedido de demissão de Abdul Labaque, aceita pelo comissário Maigret, sem citar o motivo que o levava a tal atitude.

Constava que, ao ser procurado, o comissário Maigret afirmara que a demissão fora solicitada por Abdul Labaque e não imposta a ele. Somente

Labaque poderia dar maiores esclarecimentos sobre o que o levara à decisão de abandonar a polícia.

Mas não era ainda isto que Fouillé buscava. Ele procurava alguma outra coisa que juntasse as duas pontas do fio.

Passava de quatro e meia da manhã quando Fouillé parou o computador em um recorte e pediu para que Françoise o imprimisse.

Foi até a mesa e colocou o recorte, onde leu, com calma e atenção, a notícia de um criminoso que fugira da cadeia, sendo perseguido por vários policiais e encurralado em uma casa que julgavam ser a casa do bandido.

Fouillé leu ali cinco citações a policiais cujos nomes coincidiam com os dos aposentados assassinados.

O fugitivo havia se escondido em uma casa de um subúrbio de Paris, onde os policiais entraram atirando, matando não apenas o bandido mas também os donos da casa e dois de seus filhos.

A polícia reconhecia seu erro, mas o perigo que aquele bandido representava para a sociedade era muito grande, e isto devia ter transtornado os policiais que ali estavam cumprindo seus deveres etc. etc.

– Achou o que procurava, inspetor? – perguntou Françoise após um bocejo.

– Estou no caminho. Sinto que estou muito perto de encontrar.

O jornal criticava a ação da polícia, dizimando uma família da qual restara apenas um filho de doze anos, sobrevivente graças à felicidade de não estar em casa naquela hora. O pedido de desculpas da polícia soava quase como um deboche para Fouillé.

Ele parou um pouco para ordenar as coisas na sua cabeça.

– Todos os policiais mortos haviam sido participantes da chacina – como os jornais se referiam ao acontecido. Este garoto que escapou tinha, na época, doze anos, o que significa que hoje está com cinqüenta e dois.

Sua dor de estômago começou a diminuir.

Agradeceu a Françoise o favor que lhe fizera.

– Você não pode sequer imaginar, Françoise, o tamanho do favor que me fez.

– Ora, inspetor... Foi um prazer ajudá-lo. Se minha ajuda tiver sido proveitosa...

– Proveitosa? É um favor prestado não somente a mim, pode acreditar, mas a toda a cidade de Paris.

– Então, posso voltar para as minhas férias?

– Lógico que pode. Agora quem tem que trabalhar, Françoise, sou eu.

21

Enquanto Fouillé e Françoise reviravam os documentos arquivados, mais um crime acontecia.

Maurice Xandeau, ex-policial, da mesma idade dos outros cinco, fora encontrado em uma rua sossegada do Marais igualmente estrangulado.

O locutor da televisão dizia que o crime havia sido cometido, segundo a perícia policial, entre nove e onze da noite, referindo-se em seguida à falta que o comissário Maigret fazia a Paris.

Apesar de já ser o sexto crime, quando os cinco primeiros ainda não haviam sido solucionados, era a primeira vez que uma notícia deixava no ar uma reclamação quanto ao trabalho que vinha sendo exercido por Jean-Luc Chablis. A falta de Maigret realmente já se fazia sentir.

Uma repórter procurara o comissário Chablis em sua casa em Saint-Germain-des-Prés, e o comissário gentilmente lhe concedeu uma entrevista, apesar do adiantado da hora. Já era começo da madrugada.

– O que é que está acontecendo em Paris, comissário Chablis?

– Eu colocaria o verbo no tempo passado, senhorita, porque este foi o último crime. Estivemos com o assassino até hoje, no começo da tarde, e, seguindo um raciocínio brilhante de um dos meus mais admiráveis auxiliares, acreditamos serem insuficientes as provas que possuíamos contra o homem detido. Demos-lhe liberdade e ele a aproveitou para executar seu sexto, e muito provavelmente último, desafeto. Já mandei dois inspetores buscá-lo em sua casa na *Rue Tandou*, e com sua nova prisão, exonerado da polícia por intervenção partida dos seis, junto ao comissário Maigret, e mais um sétimo, já falecido, o caso fica encerrado. Labaque esperou pacientemente que chegasse a hora certa para os matar, por ter perdido por culpa deles sua aposentadoria. A esta hora ele já está preso e o julgamento será fácil, pois tudo acaba nele. Para Labaque deságuam todos os rios de sangue provocados durante tantos dias de desespero na nossa cidade.

Às oito da manhã, quando o comissário Chablis chegou ao seu gabinete, surpreendeu-se pela presença de Fouillé sentado à sua espera.

– E a Normandie? Desistiu?

– Desisti, comissário. Achei que aproveitaria melhor o meu tempo passando a noite no Arquivo Geral, onde encontrei este recorte do Le Figaro, publicado há quarenta anos.

E entregou a cópia ao comissário Chablis. Ele colocou seu havana no cinzeiro e leu a notícia da chacina em que uma família inocente havia sido dizimada, juntamente com um bandido evadido da penitenciária.

– Interessante. Não me lembro desse caso. Mas quando isto aconteceu...

Fouillé o interrompeu, continuando a frase.

– ... o senhor era uma criança, um menino de doze anos que só escapou com vida por não estar em casa no momento em que seis policiais, com os nomes de Louis Mangeraux, Pierre Laverne, Jacques Fatou, Jean-Marie Pernaud, Ferdinand Germain e Maurice Xandeau entraram e chacinaram seus pais, seu irmão mais velho e sua irmã menor. Mas essa criança cresceu, comissário Chablis, entrou para a polícia e esperou pacientemente quarenta anos até atingir um posto que o colocasse fora de qualquer suspeita, para então friamente realizar a vingança há quase meio século prometida, matando, um a um, os seis policiais responsáveis por um delito de fato monstruoso, mas que deveria ser julgado pela Justiça francesa e não por ele próprio.

O comissário Chablis quis gritar, evocando sua posição, mas Fouillé o fez calar-se, apontando-lhe a arma.

– O "julgamento interno", tão bem pensado por Maigret, servia como uma luva para levar à cadeia um inocente, mas dos seis que o senhor procurava e aguardava, esperando a hora certa, dois não se encaixavam: Ferdinand Germain e Maurice Xandeau não haviam feito parte do júri de Labaque, e isto está no documento que o senhor disse que leria em casa, mas que está aqui na gaveta. O senhor destruiria este documento, única prova do não envolvimento de Germain e de Xandeau na condenação de Labaque. Foi tão calculista que liberou Labaque hoje, para assim ter inteira razão quando o caso fosse a julgamento. Seus tantos anos de polícia muito o ajudaram na execução e na distribuição dos corpos pela cidade, mas eu facilmente comprovarei que, enquanto os crimes eram perpetrados, o senhor não estava na delegacia, nem na companhia de alguém.

Chablis bateu palmas para o discurso de Fouillé.

– Magnífico, inspetor Fouillé. O senhor deveria ter falado assim como falou em um tribunal. O senhor de fato merecia uma grande platéia para o ouvir. Apenas uma coisa mínima foi esquecida: eu tenho um álibi perfeito.

– E qual é esse álibi, comissário?

– Você, inspetor Fouillé. Meu álibi é você.

– Eu?

– Exatamente. Você é meu álibi. Você é a minha testemunha. Maurice Xandeau foi morto ontem, entre nove e onze da noite, segundo nossa perfeita perícia, e você sabe, porque eu lhe disse e lhe mostrei os ingressos do jogo, que eu estava no Parc des Princes neste momento. Você sabia que a esta hora eu estava com um amigo...

– ... vendo o jogo do Paris Saint-Germain, que não aconteceu. Foi transferido, pelo falecimento de um dos jogadores do Bordeaux. E os ingressos estão aqui comigo. Eu os tirei do seu bolso, pois ali eu já sabia que o senhor procurava apenas um álibi para encerrar sua vingança. É uma vergonha para Paris que um homem frio, vingativo, sórdido e assassino como o senhor esteja sentado na mesma cadeira em que Maigret sentou por tantos anos.

Os inspetores que passavam e viam aquela cena – Chablis sentado na sua cadeira, visivelmente acuado, com Fouillé lhe apontando uma arma – entravam para saber o que estava acontecendo.

Leblanc, Brennand e Bandignon foram os primeiros a entrar. Chablis acreditava poderia conseguir a compreensão deles.

– Eles eram seis – berrou Chablis. – Seis policiais inescrupulosos e bandidos. Eles exterminaram meus pais e meus irmãos à sangue-frio, julgando que ali era a casa do bandido foragido e que sua família merecia o mesmo fim. Mas desde quando a polícia julga? Para isto há a Justiça, como você mesmo disse há pouco. E se a polícia tem o direito de matar, por que eu não tenho, se sou o comandante desta polícia? Olhem para mim. Eu tinha doze anos de idade quando isso aconteceu. Eu fiquei sozinho no mundo porque seis assassinos me tiraram a família, sem que ela nada tivesse feito para merecer isso. Você podem imaginar por um momento o que eu passei? Vocês conseguem imaginar o que eu sofri? Têm uma idéia do que tive que fazer, do que passei para sobreviver sozinho, em uma cidade do tamanho de Paris, com doze anos de idade? Qualquer um de vocês faria o mesmo. Então, por que me prender? Por que não fazermos um "julgamento interno" onde, ao final, eu peça demissão? Façamos um acordo. Somente nós ficaremos sabendo disso.

– E enquanto o sr. comissário Jean-Luc Chablis sai, por ter pedido demissão, o argelino Abdul Labaque fica o resto da vida na prisão, pagando pelos crimes cometidos exclusivamente pelo comissário – falou Fouillé.

– Seja razoável, Fouillé. Um "julgamento interno", como Maigret inventou um dia.

– Não fale no nome de Maigret – disse Fouillé irritado, enfiando pela garganta de Chablis o havana ainda aceso depositado no cinzeiro. – Você é uma vergonha para a França, e o próprio presidente, que o ajudou a assumir este posto, ficará envergonhado. Acabou, sr. comissário. Eu o prendo em nome da lei, por ter cometido friamente seis assassinatos. Garanto que sua pena não será inferior à prisão perpétua, onde o senhor acabará a sua vida junto com seus colegas bandidos.

– Nunca, nunca – gritou Chablis. – Eu mereço mais do que isto, Fouillé. Não pense que eu esteja triste por perder o meu cargo ou aborrecido por você ter descoberto. Eu estou gargalhando por dentro, porque eliminei um a um aqueles seis assassinos. Eu estou leve, Fouillé. Eu estou leve por dentro. Tão leve que me sinto capaz de voar.

Ao falar isto, sem dar tempo a que ninguém pudesse fazer alguma coisa para o impedir, Jean-Luc Chablis, com uma rapidez contrastante com sua idade, atirou-se pela janela, espatifando-se no chão lá embaixo.

22

Enquanto populares e policiais rodeavam o corpo inerte do comissário Chablis, Fouillé desceu, fez com que se afastassem e aproximou-se do corpo do comissário.

Cerrou seus olhos e lhe falou baixinho, para que ninguém escutasse:

– Desculpe, sr. comissário. Eu estou muito triste com tudo que aconteceu. No fundo eu entendo a sua sede de vingança, mas não posso aceitá-la. Quanto a mim, nada mais fiz do que cumprir com o meu dever. Estou aqui para fazer de Paris uma cidade limpa, e o senhor a estava tornando mais imunda a cada dia, a cada crime. Foi uma pena ter preferido que terminasse assim. Pelos seus antecedentes, pelo tanto de bom que fez, poderia, quem sabe, encontrar um julgamento mais suave. Não. Pensando melhor, foi preferível acabar assim. Seis crimes são seis barbaridades, e o senhor as cometeu sozinho, além de incriminar, diabolicamente, um homem que já havia sido julgado pelo crime cometido e punido como merecia ser, mas que nada tinha a ver com a sua vingança particular. Foi bem melhor que terminasse assim.

A perícia chegou e pediu a Fouillé que a deixasse trabalhar.

Fouillé afastou-se e ficou ao lado de Leblanc, sem tirar os olhos do corpo inerte do comissário, caído na calçada a três metros de Marie, a árvore tão sua amiga, agora inteiramente sem folhas.

– Eu já percebera alguma coisa estranha quando li o "julgamento" de Labaque e notei que Ferdinand Germain não fazia parte do júri, mas nunca poderia imaginar que... nunca uma coisa dessas. Que morte. Uma pena. Ele era um bom policial.

– Sim – respondeu Fouillé. – Era um bom policial, mas foi bem melhor como bandido. Ora, Leblanc, que importa a nossa opinião? O caso está encerrado, e o culpado está morto.

Fouillé foi até lá, aproximou-se do corpo inerte do comissário e deu mais uma demorada olhada no rosto de Chablis.

– É engraçado.

– O que é engraçado, inspetor? – perguntou Leblanc, sem entender a que Fouillé se referia.

– Este final, Leblanc. Eu disse que era engraçado porque, ao olhá-lo, tenho a impressão de que morreu feliz.

ELES

1

O delegado Ike Dodsville, conhecido por todos pelo apelido de Big One, em virtude dos seus quase dois metros de altura e mais de cento e trinta quilos de peso, abriu a escotilha do veleiro onde morava, na feliz e tranqüila cidade de Palm Beach, e olhou o dia.

Azul.

Um azul total, sem nuvem alguma a lhe prejudicar a beleza; um azul quase impossível de tão azul. E, para tornar ainda mais delicioso aquele dia, uma brisa muito mais do que agradável viajava em uma suportabilíssima velocidade de cruzeiro pela baía, trazendo ao cocuruto das marolas um brilho parecido com o dos diamantes, e fazendo aquelas mansas águas se mexerem de modo a enfeitar ainda mais e com jeito de para sempre a primavera, que se anunciava como uma estação que naquele ano chegaria no mínimo esplendorosa, prenunciada por aquele estarrecedor céu de um azul somente possível em um quadro de Monet.

A primavera nas cidades gêmeas de Palm Beach e West Palm Beach, pela temperatura da água e pela constância da brisa, sempre tinha um jeito de verão, o que fazia com que os seis meses entre abril e setembro fossem feitos para serem vividos sob o sol da Flórida, dando a todos os habitantes das simpáticas cidades uma aparência de saúde pela cor da pele e o frescor das roupas usadas por todos.

Os tons claros prevaleciam, mas o branco dominava.

Desde que o delegado Ike Dodsville decidira comprar um antigo barco de sessenta pés de um canadense marchand que o usava apenas para passeios e pescarias e o adaptar para sua residência, só havia sofrido o dissabor de duas ressacas.

Dois momentos bem desinteressantes por sinal, pelo tanto que o barco havia balançado, lhe dando até em um certo momento a impressão de que com certeza não iria agüentar aquele interminável bater impiedoso das ondas altas e fortíssimas contra seu casco de embarcação, fabricada há pelo menos uns trinta anos.

Chegava a ser covarde a agressão do mar ao velho barco ali ancorado.

Um suplício.

Durou quase duas horas a ingrata intempérie, e Big One chegou a abandonar o seu barco-residência – o que significava fugir de casa – e sair à procura de um lugar seguro em terra firme, cuidando da sua sobrevivência e deixando o barco sozinho na marina, estacionado e entregue à sua própria conta e risco.

Nada de ruim aconteceu, para a maior felicidade do velho policial, homem de sabidas virtudes, belo conceito social e absoluta honestidade.

Mas foram tão-somente essas duas ressacas e mais nada. O resto do tempo sempre lhe dera o desmedido prazer de curtir, a bordo do veleiro, noites deliciosas e dias deslumbrantes como aquele, quase no final do verão.

Big One pesou e mediu com grande cautela até que chegou à conclusão de que os dias e noites maravilhosos eram tantos que aqueles raríssimos dias de ressaca compensavam demais, bem que valiam a pena. E depois, a última ressaca servira de teste definitivo para a estrutura do seu velho veleiro. Ele provou com sobras, nas duas grandes ressacas, que estava preparado para agüentar a onda que viesse, fosse de que tamanho fosse.

O velho barco do delegado era tão bravo quanto o próprio policial.

É verdade que ele ainda não fora vítima de nenhum dos habituais furacões da Flórida, que, por uma esquisita escolha, estavam agora preferindo esquecer Palm e West Palm Beach, trocando-as pelas Carolinas, além de, como sempre, Miami. Isto resultava bem melhor para quem, como ele, morava no norte da Flórida.

Desde que os cubanos e demais latinos da América Central haviam feito a transferência de suas residências principalmente para a outrora pacata cidade de Miami, os aposentados americanos haviam decidido abandonar aquela cidade agora quase cubana, e todos haviam rumado para o norte.

A maioria deles hoje morava em Palm ou West Palm Beach, duas cidades que, de tão próximas, deveriam ter um nome só.

Ancorado em uma das muitas marinas de West Palm Beach, o barco de Big One era motivo de inveja de muita gente boa, principalmente por parte do pessoal da polícia.

Além do charme de morar em um barco, havia a serem contadas as mordomias de não pagar aluguel ou quaisquer outras das despesas comuns de quem mora em uma casa, como cuidar do jardim, por exemplo.

Para quem mora em um veleiro, o jardim e o quintal são o mar.

O fato de lhe terem concedido, por se tratar de um policial, o direito a ter um telefone tornara ainda mais atraente aquele tipo de vida que Big One se dera de presente, como um milionário playboy de Monte Carlo, igual a esses gregos podres de ricos que vivem em iates tão requintados e deslumbrantes que chegam a ser quase navios.

– Engraçado. Pensando bem, morar aqui é uma grande merda, mas isto faz com que eu me sinta como se fosse um cara rico. Acho que é por causa disso que todos os babacas se coçam de inveja do meu "apartamento" à beira-mar. Enquanto isso, eu vou curtindo a vida na boa, esperando ver tudo acabado na passagem mais do que provável de um furacão. Eu sei perfeitamente que de uma hora para outra este furacão virá, mas enquanto ele não aparece eu vou ficando por aqui e me sentindo um milionário. Está aí. Isto é uma coisa que eu aprecio

Ele batizara o veleiro com o nome de Flo, apelido de Florella, sua derradeira mulher, morta por um câncer no útero havia alguns anos.

A filha desse casamento, Sue Ellen, agora com dezenove anos e odiando cada vez mais este nome – que os pais lhe deram por causa de um seriado americano ambientado em Dallas – morava em San Bernardino, na Califórnia, com a irmã mais nova de Big One, formada em ciências políticas pela UCLA.

Isto o deixava inteiramente só em Palm Beach. Solidão? Até que era, mas havia algo a seu favor: o fato de não ter que prestar contas a ninguém do modo como vivia e de tudo o que lhe desse na cabeça fazer.

Big One dizia-se, com inteira razão, ser um homem mais feliz do que o normal, por ser, pelo menos que ele conhecesse, o único absolutamente "dono do seu nariz".

2

O delegado tomou um banho agradável e se vestiu sem maiores requintes, preparando-se, como fazia todas as manhãs, para ir para o serviço na delegacia, onde o seu cada vez mais eficiente combate aos criminosos fazia com que ele fosse uma pessoa bastante respeitada não apenas em Palm Beach e West Palm Beach, o seu campo natural de ação, mas de costa a costa nos Estados Unidos.

Um bravo homem da lei.

Enquanto se olhava no espelho, apreciando-se, achando-se cada vez melhor na aparência, e até mesmo mais jovem do que de fato era, veio o pensamento que o fez abrir um leve sorriso.

Era sobre a cidade viver, a cada dia que passava, um momento glorioso. Tudo corria sempre de muito bem para melhor ainda naquele encanto de cidade, onde as pessoas se davam de forma gentil e se ajudavam como era costume ocorrer em tempos distantes, quando as famílias freqüentavam as casas dos vizinhos.

Palm Beach oferecia, nos dias de hoje, uma vida como só se podia ter igual nos dias de ontem – ele assim definia o que acontecia ali.

E havia muitos anos que as coisas em West Palm Beach não andavam tão calmas quanto naquele momento.

Era algo de chamar a atenção, merecendo comentários um tanto perigosos da mídia, porque os pareceres dos jornalistas bem que chamavam a atenção dos bandidos, lembrando-os de crimes que, pela recordação trazida por notas da imprensa, poderiam voltar a ocorrer.

Os bandidos, segundo Big One, eram seres sem imaginação.

Bastava um deles fazer um seqüestro e os seqüestros imediatamente viravam moda e passavam a acontecer um após o outro, até uma nova idéia chamar a atenção da bandidagem.

– Os jornais não deviam anunciar os delitos, por mais banais que eles sejam. Crime é coisa para não ser divulgada por ninguém na mídia, porque a divulgação de um serve de idéia para que vários criminosos cometam um ou inúmeros semelhantes – costumava dizer.

Um sem-número de delegados de cidades vizinhas, e mesmo de outros estados, lhe passaram e-mails colocando-se ao seu lado naquela idéia: tornar absolutamente proibida a divulgação de qualquer crime pela imprensa.

– Há os que matam apenas para ter sua foto estampada em um jornal ou em um noticiário da televisão; os bandidos são mais vaidosos do que podemos imaginar. Eles odeiam ver seus crimes noticiados fora de uma manchete na página frontal. Querem morrer de ódio se a notícia do seu malfeito é divulgada na página 4 de um jornal, em uma nota com letrinhas miúdas.

Big One fez, durante algum tempo, uma violenta campanha tentando tornar vitorioso o seu ponto de vista, mas tudo sempre batia em um muro que afirmava que o noticiário sobre um crime acontecido era um dos maiores vendedores de exemplares que havia.

Mas naqueles dias nem pensava nisso, porque nada o fazia ter motivos para seguir intentando ocultar os atos fora da lei. As coisas corriam maravilhosamente bem à sua volta.

Palm Beach há muito tempo não vivia uma onda assim tão agradável. Nada de maus acontecimentos espetaculares, nada de maiores aborrecimentos, nada nem mesmo que justificasse a presença da polícia para tomar conta dela. Para que a polícia? Como as coisas andavam, ela poderia até tirar férias coletivas.

O delegado Big One, muito acostumado a enfrentar os mais gigantescos problemas e, de um modo geral, resolvê-los, havia comentado isto com o detetive Brad Pitt, seu auxiliar de fé e que tinha esse apelido pela gozação dos amigos, já que a sua feiúra era quase assustadora.

A prisão de três assaltantes de um banco na *Parker Avenue* havia sido o único delito de maior importância acontecido na cidade nos últimos quatro meses, pelo menos na sua circunscrição.

Três assaltantes oriundos do norte, como era fácil de se adivinhar. Três bandidos vindos lá dos lados de Nova Jersey e que, por serem principiantes, haviam sido detidos na saída do banco, sem causar escândalo ou problema algum; haja vista que os jornais sequer anunciaram o fato, e quase a totalidade dos moradores nem tomara dele conhecimento.

Uma vida sob todos os aspectos absolutamente branda e branca, diferente daquela a que Big One se habituara desde os seus tempos iniciais de menudo, logo que entrou para a polícia, por volta de 1957, quando ainda atuava em Nova York, a capital do mundo, uma cidade deslumbrante, mas onde o crime ocupa uma posição de destaque, e os delitos são sempre em grande número para cada uma das várias delegacias.

O ano de 1957 ele jamais esqueceria pois, além de ter sido o marco do seu começo como policial, marcava igualmente o ano da inesquecível final de um campeonato no Super Bowl em que, além do seu time vencer, ele ganhara cinqüenta dólares em uma aposta feita com seu capitão, dinheiro que ele chamava de abençoado.

Ah, aquele tempo!

Ele imaginava como cada uma das cidades de West Palm Beach e Palm Beach era como se fosse uma moça, inteiramente diferente das cidades grandes da América, estas cidades de merda de hoje em dia, com cara de bandido, onde o que mais há transitando pelas ruas, nas barbas da polícia, é seqüestrador ou traficante de tóxicos, quando não pilantras e homossexuais – como Big One costumava comentar.

– Eu tenho medo desses momentos de paz excessiva, Brad Pitt, porque de um modo geral esta paz é sempre o sinal de um baita tumulto logo adiante. Muita paz hoje significa uma grande cagada amanhã. E estas cagadas sempre arrebentam infalivelmente na minha circunscrição, uma coisa que sempre é desagradável. Porque a paz é uma coisa linda demais, algo que eu aprendi a apreciar muito.

– Talvez, Big One. Talvez o senhor esteja certo. Quando o senhor fala essas coisas eu tremo de medo porque, para mim, o senhor tem o dom de adivinhar.

– Não é exatamente isto, meu amigo. Ninguém tem o dom de adivinhar. O que me faz dar a impressão de ter adivinhado é a porra da experiência, que bota a gente à frente desse povo normal a quem temos o dever de tomar conta. O povo, Brad Pitt, para nós policiais, é como se fosse uma criança, que precisa ser cuidada com o mais apurado desvelo, porque nós somos a única defesa possível com quem ele pode contar. Além de nós, o povo não pode contar com mais nada nem ninguém.

– Mas bem que o senhor gosta que seja assim, Big One. Fale a verdade: o senhor não gosta?

Antes de responder, Big One foi à janela da sua sala e olhou o povo lá fora, caminhando pelas calçadas, na tranqüilidade total. Somente depois de espiar até mesmo seus rostos ele respondeu à pergunta do seu auxiliar.

– Aprecio. Confesso que aprecio. E bastante. Eu aprecio que seja assim, Brad Pitt, porque isto de uma certa forma faz com que eu assuma importância para toda esta gente que está aí fora. São seres humanos como nós, mas que têm em nós os seus reais defensores em qualquer problema criminal.

Ele não mostrava orgulho ou vaidade ao dizer tais coisas; passava, sim, uma enorme confiança em sua capacidade de trabalho. Big One era daquele tipo de gente que "confia no seu taco". Sabia que ainda não havia surgido o crime que ele não conseguisse solucionar. Estava invicto.

Trabalhava em West Palm Beach há dois anos, chefiando uma delegacia na *36th Street*, perto do Lago Mangonia, onde desde sua posse tudo corria otimamente.

Era uma delegacia altamente cobiçada por seus colegas delegados, não só pela sua privilegiada situação geográfica, como, talvez principalmente, pelo fato de o prédio onde ela estava instalada ser um dos mais bem cuidados, sempre com pintura nova e carros em melhor estado que o habitual nos demais distritos policiais, onde as paredes estavam descascadas, as mesas eram mais velhas do que Big One e ninguém se preocupava em trocar as cadeiras e o resto do mobiliário. Ou aparecer para dar um jeito nas janelas e portas, cuja maioria ninguém mais conseguia fechar totalmente. Quando chovia muito lá fora, também chovia um pouco do lado de dentro.

Nesses dois anos, nada de graves problemas. Os dias transcorriam tranqüilos, sem algo realmente errado acontecer. Nada de estupros violentíssimos, desses insuportáveis seqüestros que vivem acontecendo lá pelas metrópoles, cidades com muito conforto, mas que cobram isso com uma sucessão de perigos aos habitantes.

Miami também já andava assim, com cara de metrópole e crimes de todos os modelos acontecendo. A culpa disso os moradores jogavam nos ombros dos latinos, achando terem sido eles a trazer esses hábitos criminosos para um lugar antes celestial.

Big One admitia que, com o passar dos anos, a violência acabasse chegando também a Palm Beach e West Palm Beach, em decorrência de as coisas, nos Estados Unidos, sempre acontecerem caminhando para o norte.

Naquele dia, completavam-se dois anos da posse de Big One em West Palm Beach; dois anos de uma barra superlimpa, como ele próprio costumava definir. Os bandidos conheciam muito bem o temperamento explosivo do delegado e o temiam; esta, aliás, era a razão de seu distrito ser aquele onde menos surgiam problemas, mesmo pequeninos.

Mas não há quem fale por aí que "de muita esmola até o santo desconfia"?

3

Eram 16h45, e Big One já admitia a possibilidade de ir aquela noite até a cidade de Miami, onde haveria um bom jogo de basquete, já pelos *playoffs*. O

Miami Heat enfrentaria o Boston Celtics, e se falava em ginásio lotado para a partida de número cinco, que poderia ser a derradeira, pelo fato de o Heat já ter duas vitórias contra uma do Celtics.

Big One adorava ir ao American Airways Arena somente para torcer contra o Miami Heat, já que era um torcedor doente do Lakers.

Nem ele mesmo sabia a razão desta escolha, pois tinha uma enorme aversão à Califórnia, um estado que ele chamava "de fantasia", pois, em sua opinião, nada acontecia normalmente na Califórnia.

– Um lugar onde 20% dos moradores são famosos não pode ser um lugar habitável.

Magic Johnson e Kareen Abdul Jabbar eram, no fundo, os grandes e absolutos responsáveis por esta opção do delegado pelos Los Angeles Lakers.

Ele já se preparava para mandar um homem seu comprar os ingressos para à noite ir ao jogo com seu amigo Gilbert quando a notícia chegou.

Uma criança portadora da síndrome de Down havia sido encontrada morta, jogada em um canteiro perto do Clear Lake pouco antes do anoitecer.

Um aposentado, na sua caminhada habitual de fim da tarde, avistou a criança jogada e chamou a polícia.

Big One chegou ao local onde a criança estava jogada e trouxe com ele a perícia, que tudo fotografou enquanto, calçando luvas, ele e o detetive Brad Pitt procuravam encontrar algo que pudesse servir de pista para os ajudar na dura caminhada que é a descoberta de um assassino.

Aparentemente nada encontraram, pois era visível que a criança fora morta em outro lugar e jogada ali.

Menos de dez minutos depois, Big One já se preparava para fazer uma visita à casa da criança assassinada, de onde a polícia recebera um telefonema comunicando o desaparecimento do menino, o que foi logo ligado ao corpo encontrado em Clear Lake.

A babá que tomava conta da criança era uma salvadorenha trazida pela família de Miami, e não tinha explicações para o acontecido.

Viera em um dos carros da polícia para ver o seu menino, já que tinha verdadeira adoração pela criança de quem cuidava.

Big One a conduziu com muita gentileza para um carro da polícia, onde os dois se sentaram de modo que ele pudesse lhe fazer algumas perguntas.

– Onde você estava na hora do crime?

– Não sei, doutor – respondeu a babá, sem parar de tremer, nervosíssima por ser a primeira vez em que se via com a polícia a lhe fazer perguntas. – Eu não sei com certeza a que horas aconteceu, porque eu estava em casa, sozinha com o meu menino. Eu estava cuidando das roupinhas dele, lavando umas e passando outras, enquanto ele dormia o seu soninho sagrado de depois do almoço. Quando acabei o serviço foi que estranhei ele ainda não ter acordado, porque sempre que acordava ele gritava chamando por mim. Mas eu achei que o que estava acontecendo não era nada de ruim; na minha cabeça, ele estava dormindo apenas um pouco mais do que o seu costume. Aí foi que eu resolvi dar uma olhada nele, fui até o quarto e...

E a babá começou a chorar, o que fez Big One e Brad Pitt também se emocionarem, coisa que não podia de modo algum acontecer com policiais.

– Sim, continue. Você foi até o quarto e...?

– E quando cheguei lá tomei um susto, porque a cama do menino estava vazia.

– Não admitiu, de início, que ele, ao acordar, tivesse descido da cama, já que era um menino que já sabia caminhar?

– Nem pensei nisso, doutor, porque ele nunca descia do berço. Ele nem tinha como descer, porque se ele tentasse, cairia. Quando dei fé que ele não estava ali, logo vi que alguém o tinha tirado. Mas ainda não foi nessa hora que eu fiquei desesperada. Procurei pela casa, achando que o pai ou a mãe tinham chegado sem que eu tivesse visto e pegado o Milton.

– E procurou...

– Procurei pela casa toda, gritando pelos pais e pelo nome dele e nada. Aí sim foi que fiquei como uma louca. A primeira coisa que fiz foi ligar para a polícia, porque vi logo que o neném tinha sido roubado.

– E não achou esquisito que alguém entrasse na casa, fosse até o quarto e levasse o garoto sem fazer nenhum ruído?

– Olhe, doutor, eu nem pensei em ruído. Eu vi logo que o neném tinha sido roubado e pronto. Nessa hora eu não pensei em mais nada a não ser em tentar descobrir onde estaria o meu menino.

– E como a senhora acha que uma pessoa conseguiu entrar na casa sem ter arrombado a porta? Quantas pessoas além da senhora e dos pais têm a chave?

– Não precisava arrombar, doutor. Aqui em Palm Beach ninguém tranca nenhuma porta. É um lugar onde tudo sempre dorme aberto.

Se fosse verdadeira a história da babá, a pessoa que o levara teria que ser conhecida dele, para que sua saída de casa se desse normalmente, sem um escândalo que chamasse a atenção da mulher. Se o menino tivesse resmungado ou chorado, a babá com certeza escutaria.

Big One e Brad Pitt tinham acreditado na história. A criança fora mesmo seqüestrada, mas não para um possível pedido de resgate; o menino fora roubado exclusivamente para ser eliminado: o assassino matara unicamente pelo prazer de matar.

Um crime bárbaro, pois o assassino enforcou o menino Milton, de três anos, com tal violência que os olhos por pouco não saltaram das órbitas. Ele colocara no ato a força necessária para conseguir o estrangulamento mesmo em um homem de compleição forte. Isto era o bastante para indicar que o crime havia sido cometido com uma dose muito grande de raiva.

– Mas por que um deficiente? – Big One se perguntava, enquanto seu pessoal cuidava de tudo a ser feito quando casos assim acontecem.

– Deve ter sido alguma vingança contra o pai ou a mãe – aventou Lucas, um dos seus homens de maior confiança e companheiro antigo, vindo de Nova York com ele há alguns anos.

Sim. Isto parecia ser o mais provável motivo para um crime assim tão brutal. A vingança é uma das mais freqüentes explicações para tais crimes hediondos.

– Quero que pesquisem tudo que for possível sobre os pais. Amigos, inimigos, pessoas com quem tiveram brigas ou discussões fortes, empregados demitidos, tudo – determinou Big One. Esta cidade passou a precisar de ajuda. A grande merda é que nós não podemos dar a ela o que ela merece, porque nos faltam condições. Para dar boas coisas à cidade nós temos que ter coisas boas: bons carros, boas armas, boa munição, bons salários, bom tratamento, boa ajuda do povo... O fato de nada de errado estar acontecendo aqui faz com que as autoridades julguem que não precisamos de nada melhor, nada de acordo com este infame progresso que, junto com as facilidades na vida, traz os problemas da violência. Bolas! Eles têm que saber que o crime também progride. Palm Beach e West Palm Beach são duas cidades que têm que ter os mesmos recursos que Atlanta, por exemplo, tem. Igualdade. É isto que nós queremos; é isto que eu aprecio. Agora, por exemplo, quando temos um crime desta envergadura para resolver, várias coisas que não temos passam a fazer uma falta muito grande, meu caro Brad Pitt.

Mas não adiantava nada ficar divagando ou reclamando quando um crime como esse acontecia em uma cidade sempre tão pacífica.

Isto teria que ser resolvido urgentemente, e Big One sabia ser essa sua difícil, mas nunca impossível tarefa.

A possibilidade de se fazer uma autópsia foi abandonada, já que não havia sequer uma possibilidade leve de ter havido um envenenamento, e nenhuma dúvida restava sobre o modo como a vida do menino havia sido ceifada.

Big One chamou Brad Pitt, e os dois, ciceroneados pela babá, rumaram para a casa do menino, uma bela mansão no Ocean Boulevard, em Palm Beach.

O pai, apesar de tentar aparentar fortaleza, estava inconsolável. Tanto ou mais do que sua esposa, que não parava de chorar em momento algum.

– Foi algo covarde e sem sentido. Não dá para entender como uma pessoa seja capaz de fazer uma coisa do tamanho desta...desta...

– Eu faço uma idéia do que o senhor e sua senhora estejam sentindo. A impressão inicial que nós temos, sr. Kelly, é de que isto foi feito por uma vingança.

A simples menção da palavra "vingança" deu um susto no sr. Kelly. Ele não entendia que tipo de vingança pudesse existir a ponto de tirar a vida de um menino de três anos que era amado por todos. Eles tinham mais dois filhos, mas tanto eles como os meninos adoravam Milton e tudo faziam pelo seu bem-estar. Perdê-lo, e de um modo tão estúpido, foi algo que os abateu demais. A verdade é que o sr. Kelly não sabia como e nem onde encaixar a possibilidade de vingança admitida pelo delegado Ike Dodsville – nome real de que Big One não gostava nem um pouco.

Ele, até que algo contrário fosse provado, tinha a vingança como o mais provável motivo.

– Eu bem imagino como o senhor deve estar se sentindo, sr. Kelly. Mas nós, da polícia de West Palm Beach, que de repente passamos a enfrentar um problema comum somente em cidades como Nova York ou Chicago, teremos que o elucidar de qualquer maneira, e esteja certo de que o faremos. O senhor pode apostar que nós descobriremos quem cometeu este crime bárbaro, matando uma criança pura como seu filho. Eu sei que a prisão do bandido que o matou não trará o pequenino Milton de volta, mas será interessante ver o infame que fez isso perdendo a sua vida na cadeira elétrica. Pão-pão, queijo-queijo. Olho por olho, dente por dente. Estes provérbios, sr. Kelly, são uma coisa que eu lhe confesso que aprecio.

– Por favor, tenente, seja breve. Nós estamos sofrendo o que nunca imaginamos que um dia viríamos a sofrer.

– Eu imagino.

Big One discorreu, então, sobre a razão pela qual ele acreditava se tratar de uma provável vingança contra o sr. Kelly.

Brad Pitt foi quem fez a pergunta seguinte, a mais importante até ali.

– O senhor demitiu algum funcionário no último ou nos últimos meses sem ter absoluta certeza de ele ser merecedor da demissão?

– Eis aí uma boa pergunta que o meu ajudante lhe faz. Estes são os casos mais comuns para uma vingança: ser despedido sem reconhecer ter merecimento disso.

O sr. Kelly não tinha uma lembrança clara. Mesmo porque nem era ele quem admitia ou demitia o pessoal, mas o seu gerente geral, que deveria ser procurado em sua fábrica de biscoitos.

4

A fábrica de biscoitos do sr. Kelly era tão pequena quanto antiga, e ficava localizada na rodovia 95, já perto da saída de West Palm Beach.

O gerente, o sr. Elias Rownes, fez questão de receber os dois policiais em seu gabinete.

Ele também estava profundamente chocado com o acontecido com o filho do seu patrão, um menino por quem o sr. Rownes tinha um carinho especial, pelo fato de ser uma criança portadora da síndrome de Down. Era um homem que contava com a total simpatia do Sr. Kelly. Haja vista que foi o sr. Rownes o escolhido para ser o padrinho do pequeno Milton.

– Eu imagino perfeitamente o que o sr. Kelly está sofrendo, delegado. Imagino mesmo. Eu sei como era a vida dele e da sua esposa antes da chegada do Milton, e sou testemunha da enorme transformação ocorrida após a chegada do bebê. Foi uma mudança radical. Eles passaram a freqüentar o clube, compareciam às reuniões de famílias organizadas, tiveram uma vida social igual à das demais famílias, quando antes do Milton eram muito recatados, mal saíam de casa.

Indagado sobre alguma dispensa de funcionários nas derradeiras semanas, o sr. Rownes informou que há muito tempo ninguém na fábrica era admitido ou demitido. A produção era pequena, mal abastecendo as duas cidades, e o número de funcionários, por essa razão, era diminuto.

– Mas... – ele disse, parecendo lembrar de algo importante.

– Fale, sr. Rownes.

– Há uns quinze dias tivemos que mandar embora um rapaz que trabalhava na preparação da massa. Ele não veio trabalhar três dias seguidos e sua desculpa para as faltas foi julgada mentirosa. Nós, então, o dispensamos. Não lembrei dele porque foi dispensado antes de ser admitido, quando estava no período de experiência.

– Sabe o nome dele?

– Sei tudo dele, pois tenho a sua ficha aqui.

O sr. Rownes foi a um fichário e, mostrando ser um homem organizadíssimo, puxou a ficha de um homem chamado Juan Rodriguez Cuello, mexicano de nascimento e com o seu endereço ali registrado.

Brad Pitt tomou nota de seu nome e endereço.

– Muito obrigado, sr. Rownes. O senhor trabalha aqui há muitos anos, eu suponho – disse Big One.

– Sim. Eu já fazia parte da equipe do sr. Kelly na inauguração da fábrica, há quatorze anos. Estou aqui há um bom pedaço de vida. Comecei como pedreiro, depois passei a vigia da obra, fui porteiro deste prédio, o sr. Kelly me colocou como vendedor, depois me fez seu secretário e terminou por me nomear gerente, o que para mim é motivo de muito orgulho. A verdade é que eu estou por aqui desde o tempo em que a casa que antes havia neste terreno foi demolida.

– E ganha bem?

– Bem... Eu acho que poderia ganhar um pouco mais – ele respondeu, sem esconder um leve sorriso. – Mas ganho o suficiente para que eu e minha família tenhamos uma vida sem problemas. O que eu ganho me basta, embora seja bem menos do que eu penso que faço por merecer. Mas isto é um ponto de vista meu e tão meu que... o senhor entende?

– Sim, eu entendo. Mas por que o senhor não pede um aumento, já que é um homem de grande responsabilidade no negócio, sr. Rownes?

– Sabe de uma coisa, sr. delegado? Uma coisa que eu considero muito importante? Eu não gosto de pedir. Prefiro esperar que me ofereçam.

Conquistar uma coisa por ter pedido tem uma importância infinitamente menor do que o que obtemos por nos considerarem merecedores.

– Eu entendo, sr. Rownes, porque também sou assim. Bem, bom dia e muito obrigado por nos ter recebido, e ainda mais pela ficha desse mexicano, a quem nós faremos agora mesmo uma visita. Apreciei muito.

Na saída da fábrica, Brad Pitt aventou uma possibilidade que já andava na cabeça do delegado Big One desde que ele se referiu ao salário ganho pelo sr. Rownes: ele podia perfeitamente ser o assassino, levado por uma vingança pelo fato de nunca ter tido um aumento que julgava ser do seu total merecimento.

– Vamos destacar alguém para dar uma olhada mais direta no sr. Rownes, porque esses funcionários perfeitos cujos salários nunca são aumentados costumam ter um aumento muito grande é de ódio, e este ódio dissimulado é, na minha opinião, muito perigoso. Isto é coisa que eu não aprecio, Brad Pitt. Mas, por enquanto, vamos conhecer esse mexicano que ele mandou embora.

5

Foi muito fácil chegar até a casa.

Localizada no subúrbio de West Palm Beach, a casa era pobre, e a seu favor só tinha o fato de não ser de madeira, mas de alvenaria, ou seja, uma casa que poderia enfrentar um furacão sem correr qualquer perigo maior.

Uma senhora de idade os atendeu.

Deveria ter alguma coisa além dos setenta anos, e parecia ser a mãe do mexicano a quem eles dois ali estavam procurando.

– Nós somos da polícia, minha senhora. Estamos aqui porque gostaríamos de falar com o senhor Juan Rodriguez Cuello. Ele está?

– Está. É o meu neto – respondeu a senhora, bastante simpática. – Tenham a bondade de entrar, por favor.

A senhora os levou a um quarto mínimo e muito desarrumado, onde um jovem de seus vinte e poucos anos estava em uma cama, ardendo em febre.

– Aí está a pessoa a quem procuram – ela disse, mostrando o rapaz prostrado na cama cujo lençol gritava não estar sendo devidamente trocado.

– O que é que o senhor tem, sr. Cuello? – perguntou o delegado Big One.

Foi a avó, no entanto, quem respondeu.

– Ele está sofrendo do pulmão. Há quase vinte dias ele está assim. Só se levantou da cama há uns quinze dias para ir à fábrica onde trabalha, por medo de perder o emprego, mas mesmo assim foi despedido, porque o homem lá não acreditou que ele estivesse doente. Ele voltou e está aí na cama esperando uma melhora. Mas cadê? No fim da tarde a temperatura dele sempre aumenta e ele fica, coitadinho, se tremendo todo de tanto frio que lhe dá.

Big One estava longe de ter o conhecimento de um médico, mas o quadro que via à sua frente não era de um difícil diagnóstico.

– Leve este rapaz o mais rápido que possa para um hospital, madame. Ele está com tuberculose e, se não for medicado a tempo, pode morrer.

Os dois saíram e Big One ainda deixou uma nota de cinqüenta dólares com a avó do mexicano, para ajudar nas despesas.

O mexicano nada tinha a ver com o assassinato.

– Por que deixou aquele dinheiro com ela, chefe? – perguntou Brad Pitt, intrigado.

– Para ajudar no funeral.

No retorno à delegacia, uma notícia esperava pelo tenente Big One, e não era nada agradável. Outra criança havia sido encontrada no Summit Boulevard. Também estrangulada e também com síndrome de Down.

– Jesus Cristo. E já se sabe quem são os pais?

– Sim, sabemos, e eles estão aqui na delegacia à espera em sua sala, delegado. Eu não sabia o que fazer com eles ou por eles. Os dois estão inconsoláveis, como o senhor bem pode imaginar.

– A criança...

– Está no hospital, por uma concessão do diretor, que é muito amigo do pai.

O delegado e Brad Pitt dirigiram-se à sala de Big One, onde os pais de Newman, a criança estrangulada, o aguardavam com um nervosismo incontrolável.

– O que é que está acontecendo com a nossa cidade, sr. delegado? Isto aqui está virando Bronx, Brooklin, estamos nos transformando em uma outra Nova York.

– Acredite, sr. Reminster, que a polícia descobrirá esse assassino, e ele terá o fim que merece. Isto é uma promessa.

– Eu acredito, mas... E aí? Descobrem o assassino... E daí? Matam o assassino na câmara de gás ou na cadeira elétrica... E daí? E meu filho? E o meu Newman, quem é que o traz de volta, sr. delegado? Nós em Palm Beach não queremos a punição dos criminosos. O que nós queremos é que não haja criminosos à nossa volta, para que possamos viver em paz! Nós queremos voltar àquela paz em que sempre vivemos. Nada além disso nos interessa.

– Eu entendo a sua ira e infelizmente nada posso fazer para a abrandá-la, sr. Reminster. Tudo que está ao meu alcance é fazer o possível e o impossível para encontrar esse assassino que já me parece um *serial killer*. É somente isto que eu posso fazer, e prometo ao senhor que farei. É uma questão de honra. Ter a minha honra intocada é coisa que eu aprecio sobremaneira, e, por saber do meu talento e da minha capacidade, me acho com o direito de dizer ao senhor: eu vou agarrar esse *serial killer* infame, esse execrável ser humano. Se é que quem faz o que ele está fazendo merece ser chamado de humano.

A revolta de Frederick Reminster era, como se pode imaginar, das mais desesperadas.

Newman era seu único filho, e sua mulher, sedada pelos médicos, nunca mais teria uma vida normal, pois a perda do filho jamais seria esquecida.

Big One e Brad Pitt estavam infelizes. Praticamente de mãos atadas e sem nada que lhes servisse para encontrar uma pista. Eles já reconheciam estar enfrentando um *serial killer* cujo objetivo único era matar crianças com síndrome de Down.

Mas... por quê?

Isto era o que ninguém tinha sequer uma idéia.

– Todo crime, Brad Pitt, tem um motivo. Não existe um crime sem uma razão, com exceção daquele que é cometido por uma privação de sentidos. Agora temos que descobrir qual o motivo desse *serial killer*. Por que se dedicar a eliminar tão somente crianças com síndrome de Down?

– Talvez haja uma criança assim na sua família, e isto o deixa revoltado, Big One. As pessoas que têm filhos ou parentes com essa síndrome ou dão a essas crianças um excessivo carinho ou as rejeitam. Se ele se encaixar na segunda hipótese, pode estar querendo se vingar do filho ser assim, eliminando outros. Sei lá. Nem mesmo sei porque falei isso.

– Mas fez muito bem em falar, porque esta é uma possibilidade, e das mais interessantes. Mas por que escolher Palm Beach e West Palm Beach para o seu campo de ação?

Era aí que a coisa não fechava, e transformava tudo em uma grande nebulosa.

Big One, depois de muito pensar, achou que o lugar de onde deveria começar para tentar encontrar uma pista era o hospital, ver quantas crianças com este problema haviam nascido nas duas cidades gêmeas nos últimos três ou quatro anos.

6

Foi o dr. James Fraccioli, de forte sotaque italiano, quem os recebeu e os levou para o seu gabinete, onde começou a dar esclarecimentos aos dois policiais.

– Não sei se o senhor se recorda de um incêndio que tivemos aqui no hospital há uns quatro anos. Nesse fogo nós perdemos o nosso arquivo e, desse modo, fica impossível fazer uma relação de todas as crianças nascidas aqui com a síndrome de Down.

– Eu entendo, dr. Fraccioli. É uma pena. Talvez eu possa conseguir qualquer coisa positiva pela lembrança de alguma enfermeira que esteja aqui há esse tempo. O que é que o senhor acha da possibilidade?

– Não considero como sendo o ideal, mas pode lhes servir de começo. Eu vou mandar chamar a sra. Ethel, que é a nossa mais eficiente e antiga colaboradora

A sra. Ethel era uma judia de mais de sessenta anos, das menos simpáticas que se possa imaginar. Seu tipo físico era abrutalhado, e possuía braços musculosos e um pescoço grosso que a fazia parecer quase um homem. Uma dessas mulheres grandes e mal-amadas.

Sofria, certamente, o complexo de não se ter formado em Medicina e achar que ser enfermeira era pouco para uma pessoa igual a ela, com os conhecimentos médicos que possuía, iguais ou superiores a esses falsos doutores que as universidades vão jogando na vida e dentro dos hospitais sem que tenham a competência necessária para exercer o cargo. Todos longe de possuir uma capacidade profissional que igualasse a dela, adquirida pela experiência e não nas frias páginas dos livros. Não. Ela era diferenciada.

Aprendera ali, vendo as mazelas, os rombos, os rasgões, as tripas para o lado de fora, o sangue jorrando.

Big One, apesar de na primeira olhada ter detectado como era a sra. Ethel, passou a agir a favor dela, já que percebeu que só conseguiria obter o que desejava se a cobrisse de elogios, entupindo-lhe o ego.

– Oh, sra. Ethel, que maravilha. Felizmente quem vai me auxiliar é a senhora, uma pessoa que ao primeiro olhar já se percebe ser alguém da maior capacidade profissional, capaz até, que ninguém nos ouça, de ser mais competente do que a maioria dos médicos que andam por aí. O que mais vale, para mim, não é o estudo, mas a prática. A prática, sra. Ethel. A prática, na minha opinião, está cem furos acima da teoria. Eu aprecio demais quem tem prática de qualquer assunto ou atividade, e isto é visível que a senhora tem de sobra. A senhora sabe das coisas muito mais do que a maioria desses médicos que a seu favor só têm o diploma. Mas que ninguém nos ouça e que isto fique aqui entre nós.

Dona Ethel abriu um sorriso feio como ela. Acabara de escutar o que mais desejaria ouvir, ainda mais partindo de um homem como o famoso delegado Big One, a quem toda a cidade tinha na mais alta conta.

Infelizmente, a sra. Ethel não tinha uma memória do mesmo tamanho da sua vaidade. Ela lembrava de muito pouco das coisas que o delegado desejava saber.

– O senhor entende, sr. delegado? Na mudança da lua há dias de nascerem nove crianças. Isto torna praticamente impossível que eu me lembre dos que, por infelicidade, vieram ao mundo com essa deficiência. Mas de alguns deles eu me lembro, sim. Vou puxar o mais que for possível pela minha memória, pedirei a ajuda de duas colegas que entraram pouco depois de mim, e que certamente terão toda a condição de me auxiliar, e farei uma relação deles, com endereço e tudo. Hoje mesmo mando levá-la ao senhor.

– Eu desde já lhe fico muito grato, sra. Ethel e... aproveitando o fato de a uma enfermeira não se pagar dinheiro algum por uma consulta, será que a senhora não conhece nenhum remédio que possa fazer o meu auxiliar ficar um pouco menos feio do que é?

Riram demais os dois, enquanto Brad Pitt, fingindo ter ficado aborrecido com a brincadeirinha do delegado, dirigiu-se ao carro para voltarem à delegacia.

Bem. Dos males, o menor. A relação da sra. Ethel Raizel poderia dar alguma ajuda, embora ainda fosse algo bem longe do que Big One e Brad Pitt sabiam ser o ideal.

Ao chegarem à delegacia, o tenente recebeu uma notícia que não podia ser pior: Orson Jr., filho do oficial Orson, estava sendo levado naquele momento para o hospital em estado desesperador, por ter sido encontrado por sua mãe já sem respirar. A sra. Orson fez um boca-a-boca no menino, e isto lhe deu a esperança de conseguir salvá-lo.

O delegado deu meia volta no carro e disparou para o hospital de onde estava vindo. Mas, infelizmente, nada puderam fazer pela desafortunada criança. O garoto não resistiu.

O tenente o examinou e viu as marcas no pescoço de Orson Jr.

– O homem que o estava estrangulando não teve tempo de concluir seu trabalho, porque sentiu que alguém estava vindo em sua direção. Isto o impediu de matar de vez a criança. Então, quando a sra. Orson entrou no quarto, o assassino com toda certeza ainda estava lá dentro.

O delegado esperou um momento menos desagradável para dar seus pêsames ao oficial Jamie Orson e fazer dele mensageiro das suas perguntas à esposa.

– Fale com a sua esposa, oficial Orson, e veja se ela não pressentiu a presença de ninguém no apartamento. O que a fez ir ao quarto do menino foi algum ruído em especial? Ela tem o costume de receber alguém que nem precisa avisar que está chegando? É muito importante sabermos isto, Orson, porque quando sua esposa entrou no quarto o assassino ainda estava lá dentro. Eu vou ao seu prédio agora para ter uma conversa com o porteiro.

E seguiu, sempre com Brad Pitt ao seu lado, para saber do porteiro se alguém suspeito havia entrado no prédio nos minutos que antecederam a chegada da ambulância. Ou se alguém igualmente suspeito ou estranho teria saído.

– Não, senhor – falou o porteiro, com um sotaque castelhano. – Que eu visse, ninguém entrou e nem saiu. O movimento aqui no prédio, na parte da tarde, é praticamente nenhum.

– E você? Saiu por algum momento da portaria, para ir ao banheiro ou coisa assim?

– Não. Ou melhor, saí, mas por menos de um minuto. Fui abrir a porta da garagem para um hóspede. Meio minuto, delegado. Não mais do que isto.

– Trinta segundos são suficientes para alguém entrar ou sair de um prédio, usando a escada, para evitar o ruído do elevador – disse Big One.

– Continuamos na mesma, delegado – comentou Brad Pitt, desconsolado.

– Não, Brad Pitt. Na mesma, não. Estamos muito piores, porque agora já são três as crianças mortas.

7

O prefeito chamou Big One ao seu gabinete com uma mensagem em que demonstrava seu enorme descontentamento por tudo que vinha acontecendo em sua cidade.

– Eu espero, delegado Ike Dodsville, que o senhor encontre o responsável por esta série de crimes mais do que hediondos que vem manchando a costumeira paz das nossas cidades. Isto é algo que me tem abalado sobremaneira. Não apenas por ver a população no enorme sobressalto em que está, mas porque a grande insegurança não se resume à rua e às pessoas da cidade, mas entra na minha casa, pois, eu não sei se o senhor sabe, tenho um filho que é portador da síndrome de Down, e minha esposa está com absoluto medo, como bem o senhor pode imaginar. Nosso filho pode ser o próximo, por que não?

– Eu colocarei dois homens na sua casa, sr. prefeito, e...

– A minha casa é uma casa igual a todas as outras da cidade, delegado, ela nada tem e nem pode ter de especial. Então, eu pergunto ao senhor: e as centenas de outras casas? E as dezenas de outras casas onde há uma criança com esse problema? O senhor acredita que sua polícia tenha homens suficientes para tomar conta delas todas?

O delegado Big One estava vivendo o seu inferno astral, na melhor das hipóteses.

Já caminhava para quarenta e oito horas que o delegado não dormia e seu cérebro fervia, na louca batalha por achar um caminho que o pudesse levar a esse insano que vinha executando as crianças deficientes sem deixar nada que servisse de pista para sua busca.

E agora a notícia que o prefeito lhe dava de ter ele próprio uma criança com esse problema. Era uma razão a mais para quase enlouquecer Big One.

– Eu prometo ao senhor que farei o melhor que puder, sr. prefeito. O que me falta é algo, por menor que seja, que sirva de indício e me possa colocar na trilha que conduz a esse monstro.

– Eu espero que isto apareça o quanto antes, delegado Ike Dodsville, porque o que menos desejo é me ver obrigado a solicitar a interferência de outros órgãos da polícia dos Estados Unidos da América, como o FBI por exemplo, para não trazer nenhuma desmoralização à nossa polícia. Aliás, desmoralização à sua polícia em particular.

O delegado Big One saiu definitivamente arrasado da sala do prefeito, pois além das reclamações e ameaças de chamar outras polícias, havia um fato que ele simplesmente odiava: ser chamado de Ike Dodsville.

Brad Pitt o aguardava dentro do carro e, no caminho para a delegacia, Big One falou do filho deficiente do prefeito e da sua idéia de colocar alguém tomando conta da casa dele, mas acabou por concluir que isso poderia ter um aspecto contrário, já que somente ele seria um menino defendido. O prefeito falara isso, e tinha razão. Em um caso assim não ficava bem defender o filho de uma autoridade, deixando sem defesa todos os demais da cidade que viviam o mesmo problema.

– O povo tem que ficar do nosso lado, delegado – falou Brad Pitt, um homem de poucas palavras, mas que sempre falava algo de interessante.

– O senhor precisa fazer o povo ficar sabendo do que vem acontecendo, porque este será um modo de ter o povo ao seu lado. Qualquer informação, qualquer suspeita... o povo precisa ser seu aliado, delegado.

– Tem razão. Vamos dar uma entrevista na televisão. Há pessoas na cidade que ainda nem sabem do que vem ocorrendo, porque poucos lêem os jornais e a TV ainda não deu ao fato um destaque maior, em atenção a mim, pelos amigos que eu tenho na emissora. Mas agora estou precisando da ajuda deles.

8

O delegado Ike Dodsville foi entrevistado no noticiário das seis da tarde, o horário mais nobre da repetidora de Palm Beach, onde discorreu sobre o assunto, chamando o povo para o ajudar a encontrar "o monstro que estrangula crianças portadoras da síndrome de Down".

– Sabemos que é um *serial killer*, e os homens monstruosos que cometem esses crimes de um modo geral o fazem, além de por serem loucos, por causa de uma vingança. Todos nós da polícia estamos procurando uma pista, pois as impressões digitais encontradas nas vítimas não combinam com as dos criminosos que temos em nosso arquivo. Hoje as remetemos para todos os estados da União, para ver se há algum criminoso em um desses estados cujas impressões combinem com as que temos. O que eu peço ao povo de Palm e West Palm Beach é que quem tem um filho ou uma filha com síndrome de Down dobre ou triplique, se possível for, sua atenção sobre a criança, pois o bandido é tão silencioso quanto sórdido. Nós precisamos encontrar a ponta da meada para termos um novelo em nossa mão, e então poderemos ter algum controle sobre a situação. Sem isto...

Big One não se recordava de ter tido algum dia em suas mãos uma série de crimes tão terríveis e ao mesmo tempo tão sem pistas quanto os que agora tinha a enfrentar com os parcos recursos da polícia de Palm e West Palm Beach.

A ida à TV foi uma enorme inutilidade, já que não lhe gerou nenhum telefonema ou visita, coisas que ele contava como certas. Foi como se ele nada tivesse falado. O bandido continuava solto, e a polícia, sem ter a menor idéia de quem ele pudesse ser.

Dois homens à paisana foram colocados do modo mais disfarçado possível perto da casa do prefeito, e ele pretendia colocar alguém junto à casa de quem porventura viesse a lhe telefonar.

O telefonema que ele recebeu, no entanto, não era dos que ele aguardava, mas de uma mãe desesperada dando notícia do desaparecimento de seu filho Oswald, de dois anos e meio, que sumira do berço. Ela estava enlouquecida, pois tinha certeza de que o pequeno Oswald havia se transformado na quarta criança que apareceria morta.

Cerca de quarenta minutos após o telefonema, um oficial de trabalho nas ruas foi procurado por um morador que encontrara um garoto morto em um terreno baldio da periferia da cidade, no final da *Australian Avenue*.

Minutos depois chegou às mãos do delegado, por intermédio de Brad Pitt, a relação mandada pela enfermeira Ethel Raizel, que citava apenas cinco crianças, uma das quais, infelizmente, tinha o nome de Oswald Frenker, que acabava de ser encontrado.

Dos quatro restantes, um era o filho do prefeito e os outros três passaram a ser vigiados com o maior cuidado por homens especialmente designados pelo próprio delegado, por serem pessoas da sua total confiança.

– Brad Pitt, tenho um tarefa importante para você.

– Diga, tenente.

– Vamos estabelecer uma vigilância grande nos Centros de Recuperação de Crianças Defeituosas, pois muitos crimes podem acontecer quando as crianças que vão a esses centros voltam para casa. Eu imagino que o assassino as veja saindo do centro e as siga, um modo de descobrir onde elas moram.

– Farei isso, delegado, imediatamente. E talvez eu próprio fique lá dentro.

– Uma bela idéia, Brad Pitt. Muito engenhoso.

Assim ele fez.

As casas dos três meninos que constavam da relação ficaram sob vigilância de policiais disfarçados, e Brad Pitt levou com ele mais quatro, que espalhou perto das portas de acesso ao Centro de Recuperação, onde ele mesmo sentou-se em uma sala de espera próxima ao local onde as crianças iam, para fazer seus exercícios habituais em busca de uma melhora no seu estado geral.

O silêncio era muito grande, e isto, somado ao cansaço de três dias inteiramente fora do normal, levaram o oficial a tirar um cochilo. Foi acordado com um enorme berro por socorro.

O grito vinha de uma espécie de berçário, onde as crianças, depois dos exercícios a que eram submetidas, ficavam algum tempo para descansar, via de regra dormindo de trinta a quarenta minutos. Ali, naquela sala, o menino Gary foi encontrado estrangulado, como todos os anteriores.

Como de hábito, ninguém tinha visto pessoa alguma entrar nem sair, nem mesmo os policiais que Brad Pitt havia colocado nas portas de acesso.

Os homens da polícia espalharam-se pelas salas do Centro de Recuperação. Todos os funcionários foram interrogados, e ninguém vira por lá pessoa alguma de quem pudessem ter suspeita. Todos os interrogatórios resultaram inúteis, fato que tornou a situação ainda mais perturbadora para Big One.

9

Agora tudo já estava diferente. Aquela série de crimes semelhantes havia crescido e já estava nas páginas dos jornais e nos noticiários das televisões de todo o país. Não havia na América quem desconhecesse a existência de um *serial killer* que vinha exterminando todas as crianças portadoras da síndrome de Down nas cidade de Palm e West Palm Beach.

– Brad Pitt, eu estou fora do meu normal e precisando muito de uma ajuda especial. Confesso que isso agora me deixou fora do prumo, incapaz de produzir um raciocínio perfeito. Estou como nunca me senti em toda a minha vida; nem mesmo quando estive naquela guerra idiota da Coréia vivi um momento de tanto estresse.

Brad Pitt jamais tinha ouvido seu chefe e amigo naquela situação.

Entendia o desespero do delegado por se ver incapaz de chegar a uma solução de algo tão escabroso, mas era preciso não se entregar. Afinal de contas, por onde andava a sua costumeira frieza, sua decantada tranqüilidade na resolução dos casos mais intrincados? Big One não podia entregar o baralho na mão de outro.

– O que é que está acontecendo, sr. delegado, para o senhor ficar assim desse modo? Não me agrada nem um pouco ver um homem como o senhor, um homem com a sua têmpera, agindo como só agem os derrotados. O senhor vai vencer mais esta batalha, mesmo porque a palavra derrota não existe no seu vocabulário.

O delegado não falou de início. Deu as costas para seu companheiro e caminhou para sua cadeira, onde sentou e abaixou a cabeça sobre os braços repousados na mesa.

Havia algo de muito sério, e Brad Pitt achou que seria importante fazer o seu chefe falar, expulsar de dentro de si aquilo que o estava martirizando a ponto de colocá-lo desesperado e totalmente abatido. Big One naquele instante era o retrato de um derrotado, pela primeira vez desde que trabalhavam juntos.

Brad Pitt fechou por dentro a porta da sala do delegado e foi até ele, na condição não mais de um funcionário da polícia, mas de um amigo disposto a lhe dar um auxílio, coisa que ele percebia lhe ser necessária naquele instante.

– Vamos, chefe. Conte a razão de ter ficado assim tão de repente. Quem sabe nós dois juntos não acharemos um modo de o fazer voltar ao normal?

Big One levantou a cabeça e olhou com olhos agradecidos para Brad Pitt, que ali se mostrava mais amigo do que nunca.

Ele bem que tinha algo muito sério a contar.

– Alguns anos depois de Flo, minha mulher, falecer, eu tive um caso com uma cubana. Dolores era o nome dela. E nós ganhamos um filho, Ramón, que tem a síndrome de Down. Eles moram em Jupiter Island e agora já está me parecendo, Brad, que o criminoso pode ser alguém a quem eu prendi, aqui ou quando ainda trabalhava em Nova York. Uma pessoa a quem eu botei na prisão e que, saindo, está realizando essa vingança especialmente contra mim.

– Mas o que essas cinco crianças que morreram têm a ver com isso, tenente?

– Tudo. Ele pode querer primeiro me levar à loucura para depois completar a vingança dele, matando o meu Ramón. Não é o filho do primeiro quem ele visa, mas o meu, Brad. É o meu filho que ele quer executar.

10

O que o delegado Big One temia não era nada de impossível.

Não é raro o criminoso que, ao deixar a penitenciária, tenta sem demora uma vingança contra o policial que o prendeu, o juiz que o sentenciou ou o advogado que lhe fez as acusações.

Brad Pitt resolveu tomar a si o comando das investigações, dando ao tenente um tempo de descanso.

Big One aceitou a oferta e dirigiu-se a Jupiter Island, à procura de Dolores e Ramón, agora com quatro anos de idade.

Dolores estava entrando em desespero, pois já era sabedora do que vinha acontecendo, e também ela imaginava exatamente o mesmo que o delegado.

– Arrume suas coisas e as coisas do Ramón. Vocês irão para Doraville, na Geórgia, e ficarão na casa da sra. Helen Telspeach, mãe da minha falecida esposa. Eu telefonarei para ela avisando de sua ida e lá vocês ficarão até que tudo se resolva. Aqui está o dinheiro para a viagem e a manutenção dos dois por algum tempo. Depois enviarei mais dinheiro, mas quero que os dois sumam daqui ainda hoje, e não diga para ninguém aonde estão indo.

Dolores agradeceu ao pai do seu filho esta providência, que lhe caía do céu.

Big One aguardou que Dolores preparasse as malas e a levou juntamente com Ramón até a rodoviária, colocando-os no ônibus para Miami, de onde de avião viajariam para Atlanta, e de lá para Doraville.

Depois de ver o filho saindo de Jupiter Island, o delegado podia voltar mais tranqüilo para West Palm Beach.

Achou por bem, antes do seu regresso, dar um telefonema para Brad

Pitt, comunicando que tudo havia saído bem, e para saber como as coisas estavam caminhando na sua ausência.

O telefonema foi um choque, pois Brad lhe comunicou ter sido encontrado o sexto cadáver de um deficiente. Agora a criança morta fora Susan, a primeira menina a ser estrangulada, abandonada em um terreno ao lado de uma casa de conserto de pneus, em um subúrbio a oeste de West Palm Beach.

Ele voltou para West Palm Beach sem se preocupar com o excesso de velocidade e, ao chegar à sua delegacia, encontrou Brad Pitt às voltas com a longa relação dos criminosos presos pelo seu chefe e que já estavam em liberdade. Eram muitos, e isto tornava quase impossível saber de onde poderia estar vindo o perigo. Qual daqueles tantos poderia ser o cruel assassino das crianças?

O povo e as autoridades já cobravam sem parar uma solução para aquele caso, que a cada dia se tornava mais escabroso.

– O meu problema, Brad, é adivinhar qual desses criminosos é o que está matando as crianças aqui, para terminar matando a minha. O verbo certo a ser usado é este, e isto é coisa que eu não aprecio. Gosto do que é claro, lógico e óbvio – disse Big One, dando em seguida um forte soco na mesa, mostrando sua raiva crescente.

– Vamos tentar ver se algum deles anda aqui pela Flórida, delegado; pode ser um começo interessante para a nossa busca.

– Muito bem. Bravo. Faça isto, Brad, o mais rápido possível. É por aí que devemos começar.

Então, despacharam um e-mail dirigido a todas as delegacias da Flórida procurando notícias prováveis sobre a relação de criminosos que enviavam.

Eram vinte e sete.

Big One, por um e-mail recebido, chegou a um bandido a quem ele prendera em Nova Jersey há mais de quinze anos, e que jurara vingar-se.

Este bandido era Patwin Richman, a quem, por ser alto e muito magro, todos chamavam de Dry Meat.

A notícia era de ele ter sido visto em Juno Beach, onde havia criado um grande problema em um restaurante, tendo, por uma briga, sido preso e solto sob o pagamento de uma fiança de duzentos dólares. Isto havia acontecido há dez dias. Nada impossível que Dry Meat estivesse em Palm ou West Palm Beach realizando a sua prometida vingança contra Ike Dodsville, que lhe tirara – injustamente, em sua opinião – quinze anos de vida livre.

A polícia de Nova Jersey, a quem o delegado recorreu, enviou uma foto recente de Dry Meat que Big One cuidou de espalhar entre os seus colaboradores, pois tinha certeza de que Patwin Richman estava ali pelos arredores, assim como já quase podia apostar que era dele o trabalho imundo de matar todas aquelas crianças deficientes.

Daniel, um dos mais novos oficiais daquela delegacia, foi quem trouxe a notícia de ter visto Dry Meat em um bar na *Belvedere Road*. Ele teve o cuidado de o seguir, e ficou sabendo onde ele entrou, embora não pudesse garantir ser o lugar onde morava.

Big One designou o próprio Daniel para dar plantão em frente à casa e lhe avisar no momento em que Dry Meat saísse.

Daniel postou-se em um ponto de onde via a porta de saída da casa e, no começo da noite, percebeu-o saindo e entrando em um velho Oldsmobille.

Imediatamente comunicou-se com o tenente e, seguindo suas ordens, foi acompanhando o carro, em que o bandido viajava sozinho.

Na esquina da *Australian Avenue* com a *12th Street*, o carro do delegado os alcançou, e Daniel passou a ele o trabalho. Seguiu-o até o velho Oldsmobille de Patwin dobrar à direita no Southern Boulevard e parar cerca de quinhentos metros à frente. Estacionou o seu carro trinta metros atrás.

Dry Meat desceu do carro e dirigiu-se a um prédio distante alguns metros, onde entrou. O delegado saiu do seu carro e acelerou o passo, a fim de não o perder de vista.

Quando Big One entrou no prédio, a porta do elevador já se fechava e ele permaneceu embaixo, vigiando para saber em que andar o bandido havia descido. O elevador parou no quarto andar.

O porteiro do prédio chegou e Big One foi a ele com suas indagações.

– Quem mora no quarto andar?

– Eu tenho ordens de não dar nenhuma informação a ninguém.

– Eu não sou ninguém, eu sou da polícia – disse Big One, mostrando o seu distintivo.

– Nesse caso... – disse o porteiro, que era um homem que falava devagar e muito baixo. – No quarto andar moram: no apartamento da frente um oficial do exército, que esteve na Coréia e agora está aposentado; no apartamento dos fundos mora um casal de professores.

– Alguma criança com síndrome de Down, aqui no prédio?

– Síndrome de quem?

– Síndrome de Down, criança excepcional.

– Mora uma, coitadinho. É o filho do seu Ozzi. Ele mora no quinto andar.

Big One correu para o elevador, e ele estava estacionado no quinto andar. Não se deu ao trabalho de chamá-lo de volta e subiu correndo os cinco andares. Ao chegar lá em cima, muito cansado pelos noventa degraus subidos correndo, a porta do apartamento dos fundos se abriu e uma senhora, com o filho nos braços, apareceu em um pranto convulso.

– Está morto. O meu filhinho está morto. Ozzi, Ozzi, meu filho lindo, quem foi que fez isto com você?

O delegado mostrou sua credencial e falou estar atrás de um homem, a quem ele descreveu. A mulher disse não o ter visto e tampouco ter visto alguém entrar no seu apartamento. O delegado colocou a mão no rosto da criança, e percebeu que ele já estava frio.

O garoto devia estar morto há pelo menos quarenta minutos, o que diminuía as chances de Dry Meat de ter sido o seu assassino. Mas isto era apenas uma suposição dele, que não era médico e nada entendia desse assunto.

– Eu vou comunicar a morte do seu filho à delegacia e as pessoas virão aqui cuidar de tudo. A senhora terá apenas que os aguardar. Eu sinto muito pelo acontecido ao seu...

– Ozzi. O nome dele era Ozzi, como o pai e o avô.

Big One dirigiu-se ao elevador, e ele já estava no térreo. Desceu aos saltos pela escada e soube, pelo porteiro, que no momento em que subiu a escada, o elevador desceu, trazendo um homem.

A descrição do porteiro batia exatamente com Dry Meat. Por pouco o delegado não conseguira evitar aquele assassinato. Agora já eram sete as crianças estranguladas. A situação do delegado era a pior que se podia imaginar. Sete crianças mortas em um espaço de menos de uma semana e nem uma única pista concreta para o ajudar a encontrar o criminoso. A suspeita de ser Dry Meat o assassino era por ele próprio minimizada pelo fato de já estar frio o rosto do menino Ozzi. Era preciso confirmar isso.

11

Não era apenas do prefeito que vinha a pressão, mas dos pais dos sete assassinados, clamando por vingança, querendo ver o bandido que lhes roubara a vida dos seus queridos filhos preso e executado.

Big One pensou em pedir a ajuda do FBI e da polícia de Miami, pois de repente passou a se julgar incapaz de, sozinho, chegar a uma solução.

– O senhor não pode fazer isto, delegado. Se o senhor aceitar a entrada da polícia de Miami e do FBI, será a sua total desmoralização. Nós chegaremos a ele, vamos ter um pouco de paciência.

– Mais paciência ainda, Brad? A cada dia o bandido mata um, e a cada um que morre as nossas chances de descobrir o culpado diminuem, em vez de aumentar. Uma porção de estrangulamentos e o que é que nós temos, meu caro Brad Pitt? Ao que podemos nos apegar para chegar ao assassino? Nada. Rigorosamente nada. Até agora nós só podemos nos agarrar no ar.

Era penalizante a situação de Big One, confessando-se praticamente incapaz de chegar a um porto.

– Eu sinto muito, Brad, mas sou obrigado a me considerar incapaz de desvendar sozinho este mistério. Nunca pensei que um *serial killer* conseguisse me derrotar, mas afinal apareceu um que não apenas me derrota, mas me desmoraliza.

– Não fale assim, delegado. Nada e nem ninguém jamais o desmoralizará. A sua competência é algo inquestionável. Não nasceu ainda o bandido que possa vencê-lo.

Brad Pitt fazia o possível e o impossível para dar a Big One uma injeção de ânimo e esperança.

Estavam nessa conversa quando o telefone tocou e uma aflita voz de mulher comunicou o desaparecimento do seu filho, um menino portador da síndrome de Down, que ela não encontrou em seu quarto quando o foi buscar para um banho.

– Vamos procurar o seu filho, minha senhora. Qual a idade do menino?

– Dois anos e quatro meses. Chama-se Larry Foller. É lourinho e eu estou muito preocupada, porque acho que...

E ela não conseguiu terminar sua frase, caindo em um pranto profundo e entrecortado por soluços.

Big One não achou necessário ir até a casa do pequenino Larry Foller. Era uma apresentação a mais do filme que vinha se repetindo, uma vez após a outra. Ele estava disposto a voltar ao Centro de Reabilitação para ver se lá conseguia algo que o ajudasse a descobrir a solução daquilo que já passava a pertencer ao núcleo do que pode ser chamado de "grandes aberrações".

Brad Pitt saiu com ele, e os dois se dirigiram ao carro do delegado, que sempre ficava no último lugar de todos no estacionamento.

Antes de entrarem no carro, os dois estancaram, com uma grande surpresa no rosto.

No banco de trás do carro do tenente estava o corpo inanimado daquele que não poderia ser outro senão o menino Larry, cuja mãe acabara de ligar desesperada.

Mais um assassinato, e agora com a agravante do bandido, zombando da polícia, ter colocado o corpo inerte da sua vítima no carro do próprio delegado – um desacato que deixou o velho policial vermelho de ódio.

Mas de que adiantava aquele ódio, se a chance de descobrir o matador não mudava? As pistas seguiam inexistentes.

– Entre no carro, Brad. Vamos levar o corpo do menino para o Instituto Médico Legal, e depois eu irei ao gabinete do prefeito.

A frase do delegado não soou bem para Brad Pitt, e ele não escondeu uma ponta de preocupação.

– O que é que o senhor tem em mente indo até o prefeito, sr. delegado? – perguntou, temendo ouvir do chefe a notícia de sua desistência.

– Eu vou me declarar incapaz de resolver este caso. É o primeiro *serial killer* que me derrota, e eu preciso me declarar incapaz de o descobrir antes que ele elimine todos as crianças não somente de nossas cidades, mas do próprio estado da Flórida, meu caro.

Brad Pitt tomou um choque ao escutar essa frase do seu chefe.

– Ainda não, pelo amor de Deus, sr. delegado. Não faça isso. Pelo menos não imediatamente. Vamos esperar mais um pouco. Só um pouco mais que seja. Por favor, nos dê um pouco mais de tempo. Um pouco mais de tempo, delegado. Nós merecemos.

– Eu queria muito fazer isso, meu bom amigo, mas já senti que quanto mais eu esperar, mais crianças serão executadas por esse monstro que, se eu apanhar, nem sei o que farei com ele.

Era de dar pena a situação física do delegado Big One. Praticamente sem dormir, correndo de Seca a Meca na busca de uma pista, sempre sem nada conseguir.

E então, antes mesmo de Big One dirigir-se para lá, o prefeito solicitou sua presença em seu gabinete. O delegado sabia do que se tratava.

O prefeito afinal perdera a paciência e o chamara para anunciar a vinda de homens da polícia de outros estados, a quem o caso seria entregue. Não tinha a menor dúvida de que seria isso que iria ouvir no gabinete do prefeito.

12

O prefeito estava aborrecido, mas não tanto quanto o delegado imaginava. Big One o considerou até bastante ponderado, medindo as palavras e sua decisão.

– Delegado Ike Dodsville, eu acredito que o senhor, um homem inteligente como é, já saiba a razão da sua chamada ao meu gabinete.

– Imagino que sim, sr. prefeito, e lamento ter que dizer que o senhor tem toda a razão em fazer o que fará ou que já fez, não sei.

– Ainda não fiz, delegado. Não faria nada sem antes ter uma conversa com o senhor. Eu acho que o senhor está muito sozinho na tentativa de elucidação dessa série de assassinatos e precisa de alguém com a cabeça fresca e um talento no mínimo igual ao seu para que, juntos, possam andar mais depressa na descoberta desse monstro que vem enlouquecendo nossa população, tão desacostumada a violências, e ainda menos a tragédias como esta. Que me diz?

– Com franqueza, eu devo lhe declarar que gostaria imensamente de poder ser contra essa medida, sr. prefeito, mas a minha decência e a minha humildade me fazem ficar inteiramente de acordo.

Big One podia odiar esta vinda de alguém de fora, mas, por ser um policial decente, sabia ser a medida mais acertada, e não tinha como se colocar contra. Restava-lhe saber quem seria a pessoa – ou o órgão, quem sabe – que viria em seu auxílio.

– Eu posso saber, sr. prefeito, quem é que o senhor pretende trazer?

– Não tenho nenhum nome em especial, delegado Dodsville. Vou pedir a Nova York que nos mande alguém. Acho que de lá é que poderá vir alguém à sua altura, delegado, pois somente um homem assim terá capacidade de lhe prestar a ajuda que se faz necessária.

– Eu concordo, sr. prefeito. Quero que saiba que estarei esperando, pois de bom grado aceito sua decisão, embora ela possa talvez dar a entender que há uma falta de confiança na minha capacidade para resolver este caso.

– Não se trata de falta de confiança, delegado Ike Dodsville, mas de uma necessidade imperiosa de que tudo seja esclarecido o mais rápido possível, e sabemos todos que duas cabeças pensam melhor do que uma. Um homem de Nova York, mais afeito a esse tipo de crimes em série, poderá ser um excelente auxiliar para o senhor. Veja que eu usei a palavra "auxiliar": ele não virá para o chefiar, pois a minha confiança no seu trabalho não caiu um ponto sequer. O senhor, para mim, continua com a mesma brilhante capacidade que eu sempre julguei ter. Estamos entendidos, delegado?

– Perfeitamente, sr. prefeito. Mais do que entendidos. Acredite que eu apreciei esta sua decisão. Passe bem.

Big One deixou o gabinete do prefeito com o moral abalado. Ele concordava que duas cabeças pensavam melhor do que uma, achava correto que viesse um policial de Nova York, onde esse tipo de crimes em série é quase habitual, podia até apostar que seria alguém com quem trabalhara lá na grande cidade, em seu começo na polícia... concordava com tudo, mas sabia que era uma desmoralização para ele.

Mas nada poderia ser feito. Ele teria que trabalhar de comum acordo com o policial que viesse, fosse quem fosse.

13

Saiu do escritório do prefeito mais aliviado, embora lá no fundo houvesse a mágoa de não terem tido um pouco mais de paciência.

A verdade é que, depois de pensar e pensar muito, enquanto do convés do seu barco olhava o mar e escutava o barulhos das pequeninas ondas batendo no casco do veleiro, chegara à conclusão de que a vinda de outro homem da polícia de Nova York para o auxiliar não iria de maneira nenhuma representar para ele uma diminuição de prestígio.

Não, nada disso.

De nenhum modo isso iria ocorrer. A vinda de um colega mostrava o quão difícil e intrincado era o problema que ele vinha sozinho tentando resolver.

Quando chegou à delegacia, Brad Pitt não estava. O detetive havia saído, em um chamado do pessoal que vigiava o bandido Dry Meat.

Tentou pelo rádio uma comunicação.

– Onde você está, homem?

– Estamos todos aqui em volta da casa onde Dry Meat entrou. Ninguém sabe que casa é esta, mas ele entrou há cerca de quarenta minutos e continua lá dentro.

– OK, não o perca de vista. Qualquer novidade, me comunique.

Ele desligou o seu rádio e tirou o paletó, querendo adivinhar quem poderia ser o homem que Nova York enviaria para o comandar. Esta era a palavra. Sim, porque ele sabia que um policial vindo da Big Apple não dividiria com um policial de West Palm Beach o comando das investigações.

Mas, mesmo assim , para ele tudo estava bem. Big One, nesta altura dos acontecimentos, até preferia não ser o chefe. Nada de comandar, de dar ordens. Ele abria mão desse direito com o maior prazer.

Há um momento em que obedecer às ordens é infinitamente mais interessante do que o direito de as dar; aquele era bem o caso. Ser o segundo homem na investigação servia para lhe dar um alívio desmedido. O que ele gostaria era de saber qual seria o policial que Nova York enviaria para trabalhar com ele, já que, pelos anos de trabalho na "capital do mundo", ele achava que conhecia a maioria dos policiais.

– Deve vir alguém a quem eu conheça, pois não cometerão o erro de nos enviar um menino, algum principiante. O policial a vir deverá ser alguém do meu tempo. Quanto a isso tenho certeza. Mas quem? Quem será ele?

Vários nomes desfilaram pelo seu pensamento, mas, para ser sincero, ele nem mesmo sabia qual seria o policial da sua preferência.

Big One estava envolvido por esses pensamentos quando o telefone tocou, e alguém lhe deu a notícia da morte de mais um menino assassinado por estrangulamento.

Desta vez, Dalton foi encontrado cuidadosamente coberto no berço.

– Deus do céu!

Nada poderia acontecer de pior, pois o fato de Dry Meat estar cercado por policiais em uma casa afastada do centro de West Palm Beach o isentava definitivamente de poder lhe ser imputada qualquer tipo de culpa. Isso era um balde de água gelada para o delegado.

Big One agora voltava à estaca zero, voltando à situação insuportável de não ter nenhuma pista em que se apegar.

Ele fez uma ligação para Brad Pitt e o mandou abandonar o cerco a Dry Meat, pois já havia mais uma criança executada, e agora ele voltava a não ter qualquer idéia de quem poderia ser esse bandido sem entranhas.

14

No dia seguinte, Big One estava cedo no aeroporto para recepcionar o policial que chegava a West Palm Beach.

Brad Pitt, ao seu lado, sabia que não tinha chance alguma de conhecer o homem que iria chegar, mas Big One tinha certeza absoluta de que seria alguém do seu tempo.

A dúvida era se seria um velho amigo ou apenas um antigo colega de profissão, alguém, quem sabe, antipático e que jamais pertencera ao grande círculo de amizades de Big One em sua época de Nova York.

Ao ver o policial que desceu do avião, o rosto de Big One encheu-se de alegria.

– O capitão Tyrone! – ele anunciou, demonstrando que o policial que chegava para o ajudar era alguém a quem ele admirava.

– Que bom que o senhor o conhece – anuiu Brad Pitt, juntando sua alegria à do chefe.

– Somos grandes amigos. Trabalhamos juntos em uma infinidade de casos, e eu o considero um dos mais preparados policiais do país.

Encontraram-se no saguão do aeroporto e ali trocaram um abraço de saudade e alegria por mais uma vez trabalharem juntos.

Tyrone Floyster era um homem de baixa estatura e dono de um rosto comprido, que mais alongado ficava pelo cavanhaque já começando a ficar grisalho. Havia cursado a Academia de Polícia junto com Big One e juntos tinham chegado à formatura. Suas vidas seguiram assim durante os primeiros nove anos dos dois policiais no trabalho de limpar a cidade. O apelido de Ike Dodsville tinha sido posto por ele, o capitão Tyrone.

– Como consegue ficar mais feio a cada ano, seu velho coiote do Arizona? – perguntou Big One, fingindo dar um soco no queixo do amigo.

– Não sei, Big One, mas acho que consigo isto por seguir o seu exemplo – respondeu Tyrone, com um sorriso de deboche.

Enquanto Brad Pitt recolhia sua mala, Big One o convidou a ficar hospedado no seu delicioso barco, fazendo com que o capitão Tyrone abrisse mão do hotel a que tinha direito. O convite foi aceito de imediato, já que o capitão desse modo aproveitaria e ficaria conhecendo totalmente esse modo de morar do seu amigo, assunto comentado até mesmo em Nova York.

No veleiro, depois de acomodar Tyrone no seu quarto, Big One levou o amigo para o deck e ali fizeram uma primeira reunião, onde tudo foi exposto pelo velho policial da Flórida ao seu amigo.

Brad Pitt, que depois de os deixar no veleiro seguira para a delegacia, apareceu de volta quando a noite já começava a cair, trazendo uma notícia que começava, desgraçadamente, a se tornar monótona:

– Mais duas crianças foram encontradas estranguladas, sr. delegado: uma menina chamada Ella Goldberg, em Sewalls Point, foi descoberta no jardim da casa onde morava por um cachorro que de tanto latir chamou a atenção de um policial que por ali passava. A outra criança é Ernest Fitzpatrick, achada pelo próprio pai no quarto onde dormia, em uma casa em Jupiter Island. Nos dois casos a autópsia foi dispensada por serem visíveis os sinais de estrangulamento. Assim, já são onze as crianças executadas por esse monstro.

– Não era este o modo com que eu esperava que me dessem as boas-vindas – disse o capitão Tyrone, enquanto, junto com Brad Pitt e Big One, deixou o veleiro para se dirigir à delegacia, onde tentariam achar um modo de começar a investigar mais esses dois casos.

Assim como já acontecia há vários dias com Big One, o capitão Tyrone declarou-se sem a menor idéia de como pudesse trabalhar no caso. Nada de pistas. Eles ficaram até a madrugada à procura de uma ponta do fio para chegar ao novelo.

– Bem... – disse Big One enquanto se espreguiçava – eu acho bom nós dormirmos por algumas horas para recomeçarmos pela manhã.

O que nem ele e nem o capitão Tyrone podiam contar era com o que os aguardava na marina, onde o barco do delegado ficava ancorado.

Ao entrarem no veleiro, encontraram mais duas crianças portadoras da síndrome de Down, mortas e colocadas no corredor do veleiro.

– A coisa já começa a assumir um aspecto de brincadeira de muito mau gosto – disse Big One, enquanto fazia uma ligação para seus homens na delegacia.

De fato, era um desaforo do assassino colocar os corpos de duas de suas vítimas no corredor do veleiro onde o delegado morava. Desaforo, desrespeito e um grande deboche.

As crianças, de manhã bem cedo, já estavam identificadas, pelas reclamações de pais que davam notícia do desaparecimento de seus filhos.

Um deles era Felix Arroyo, filho de mexicanos e residente em uma rua pobre de Juno Beach; o outro era Raymond Gaygol, de Briny Breezes. As crianças mortas agora eram treze.

Os três policiais entraram no veleiro depois que os corpos de Felix e Raymond foram levados. Enquanto Brad Pitt fazia um café para que se sentissem reanimados, Big One e Tyrone sentaram-se à mesa e começaram a trocar idéias, à procura de algo que lhes permitisse começar uma investigação.

Big One acrescentou à relação das crianças estranguladas os nomes de Felix e Raymond, e os dois policiais olhavam para aquela sucessão de nomes com uma absoluta incapacidade.

Não havia, até aquele momento, nada a ser feito.

Brad Pitt chegou com o café e três canecas. Serviu-se e serviu aos dois, enquanto fazia um leve comentário sobre o acontecido.

– Veja, capitão, que até agora o que nós conseguimos ficar sabendo foi que o bandido só mata por estrangulamento e que todas as crianças têm a síndrome de Down. Parece que lhe dá prazer ver as criancinhas sem ar. Ele usa as mãos e as estrangula, mas me parece que para ele o ideal seria que elas morressem enforcadas. Eu acho que ele daria dez anos de vida se lhe fosse possível eliminá-las em uma forca.

Esta frase de Brad Pitt fez com que Big One desse um salto e um grito.

– Esperem um instante!

Brad Pitt e o capitão Tyrone colocaram na mesa suas canecas e se voltaram para o velho policial.

– Há uma brincadeira que os latinos fazem e que se chama "Forca". Colocam-se alguns traços e as pessoas vão falando letras, e as letras faladas, se existirem na palavra que se quer descobrir, são colocadas nos traços. A cada letra errada algo é desenhado na forca, até que a pessoa, por tantas letras erradas, tem sua corpo completo desenhado na forca e, assim, perde o jogo, por ter sido "enforcada". Vamos fazer esta brincadeira por um instante. Brad Pitt, escreva em um papel as iniciais dos nomes das crianças mortas e vamos ver se com estas letras nós conseguimos formar uma palavra.

Assim foi feito. Ficaram por algumas horas tentando combinações que formassem palavras, usando as iniciais dos nomes das crianças estranguladas. Mas nada conseguiam. Ou faltavam duas letras ou sobravam três. Mas o delegado não desistia. Algo lhe dizia que ele estava trabalhando no rumo certo.

A tarde já ia em meio quando as quatorze letras formaram duas palavras que faziam o maior sentido:

M-O-N-G-O-L-O-D-S... F-R-E-E

Os três, juntos, deram um urro e saltaram pela sala. Faltava apenas e letra I para completar a frase: *Mongoloids free.*

Big One fez uma ligação para a delegacia e encomendou a um dos seus homens que procurasse saber nos hospitais e nos centros de recuperação quais as crianças com síndrome de Down que tinham o nome começado pela letra I.

Em seguida, os três deixaram o veleiro e dirigiram-se à delegacia, agora com uma expressão inteiramente diferente no olhar. Já se via uma grande dose de esperança em seus rostos.

15

Irene era o nome da única criança das duas cidades sabidamente portadora da síndrome de Down cujo nome começava pela letra I.

Juntamente com o capitão Tyrone, e tendo ainda o auxílio de Brad Pitt, o delegado preparou um esquema para defender a menina, indo em seguida até sua casa.

A mãe da criança o recebeu.

Big One contou da sua descoberta, com a brincadeira da forca e as palavras que se formariam por completo com a morte de sua filha.

– Sua filha será com certeza a próxima vítima desse louco, minha senhora.

A mulher quase caiu de pelo susto. Ficou apavorada, com os lábios brancos e as mãos trêmulas.

– Não fique preocupada, porque nós lhe daremos uma cobertura total. Colocaremos homens nas cercanias da sua casa e o pegaremos antes que ele estrangule sua filha. Tenha confiança no nosso trabalho, senhora.

A mulher ficou muito agradecida e Big One deixou Brad Pitt na casa dela, enquanto foi com o capitão Tyrone para o Centro de Recuperação.

– Eu faço questão de lhe dar os meus parabéns, delegado. Um raciocínio brilhante o da forca. E Irene estará muito bem defendida, porque além dos seus homens, há a mãe da criança. A mãe da menina Irene é uma mulher muito forte – disse um dos diretores do Centro de Recuperação.

– O senhor conhece, então, a mãe da menina Irene, dr. Stewart?

– Claro. Conheço-a e muito bem. Ela é nossa funcionária, trabalha aqui conosco.

Big One e o capitão Tyrone gritaram juntos:

– É ela!

Vários carros da polícia em poucos minutos partiam na direção de Hobe Sound, onde se localizava a casa de Rosemary Fleshstill, a mãe de Irene.

Por ordem de Big One, as sirenes estavam desligadas enquanto os carros chegavam e paravam estrategicamente, impedindo a passagem de qualquer um que tentasse escapar daquela casa.

Um homem da polícia entrou pelo telhado, chegando ao quarto da criança a tempo de segurar os braços de Rosemary quando eles já se aproximavam da garganta da pequenina Irene.

Ela não ofereceu nenhuma resistência, limitando-se a explodir em um pranto entrecortado de gritos.

Os policiais, com Big One e o capitão Tyrone à frente, entraram pela porta da frente, encontrando Brad Pitt estirado em um sofá, segurando um copo vazio onde estava a bebida com o sonífero que Rosemary lhe dera, para depois subir e estrangular sua própria filha.

Com as mãos para trás, seguradas pelo policial que a impediu de consumar mais uma morte, Rosemary descia as escadas falando e chorando.

– Eu só precisava libertar mais esta para completar o meu desejo. Só mais esta. Eu não posso ser impedida de aliviar estas pobres crianças de uma vida sem sentido. Assim, sem vida, elas estão bem mais felizes. Eu sou uma pessoa especial. Eu sou uma benfeitora, porque eu consegui libertar todas elas, todas elas. Só a minha é que eu não...

Big One mandou que a levassem para a delegacia e ali mesmo despediu-se do capitão Tyrone.

– Não vai voltar para uma bela noite de sono no seu veleiro, meu amigo?

– Não, capitão Tyrone. Vou pegar um avião para Doraville, na Geórgia. Amanhã é o aniversário de Ramón, meu filho, e eu quero passar esta data com ele.

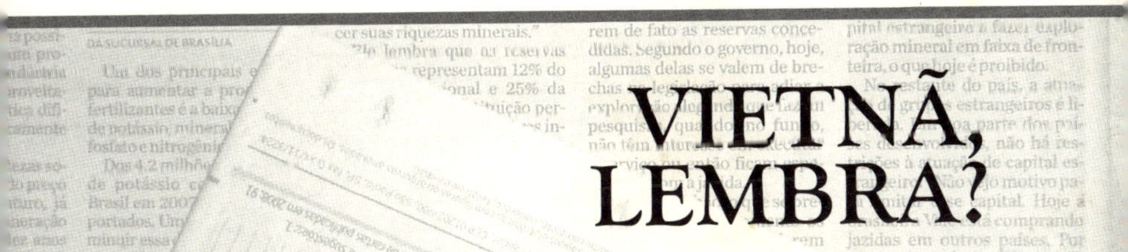

VIETNÃ, LEMBRA?

1

O julgamento estava no final. O juiz apenas aguardava que lhe fosse entregue o papel com a decisão tomada pelos jurados.

Recebeu o veredicto, olhou nos olhos do réu, e afinal declarou:

– O réu Jefferson Douglas Angel é considerado culpado, e determino que cumpra a pena de doze anos de reclusão na Penitenciária Estadual. Caso encerrado.

Enquanto dois policiais o retiravam do tribunal, o condenado gritava a plenos pulmões para o capitão Jordan e o tenente Mackenzie:

– Eu volto, seus canalhas. Podem esperar por mim, porque eu volto para a revanche. Vocês dois irão me pagar os doze anos de vida que estão me tomando.

Jordan e Mackenzie apenas sorriram. Jordan ainda se permitiu um comentário:

– Pode ser, Mack. Ele volta e nós o prendemos novamente, como nas outras vezes.

Era outono e o azul do céu, de tão brilhante, chegava a incomodar.

– Faz muito tempo que não vejo, em Nova York, um dia tão lindo.

Nenhuma nuvem em toda a Big Apple. Jordan consultou o relógio e teve a idéia de convidar o tenente para almoçarem em um restaurante japonês, comemorando o final de mais um caso resolvido pelos dois, e que tivera um desfecho exatamente como ambos esperavam, e como aquele cretino merecia.

– É uma boa idéia. Tenho ido tanto a restaurante japonês que estou quase me acostumando a comer com aqueles pauzinhos.

Caminharam um bloco até o Pontiac do tenente e já se preparavam para entrar quando um policial, esbaforido e suado, os alcançou.

– Oh, capitão... que sorte ter conseguido encontrar o senhor.

– O que aconteceu, Oliver?

– Sua esposa ligou para o distrito já umas três vezes, e na última ela disse, claramente aborrecida, que não perdoa o senhor se esquecer do que combinaram anteontem.

Jordan deu um tapa na testa. Havia prometido levar a esposa a uma cantina em Manhattan. Mas ainda dava tempo de resolver o assunto.

Tomou a chave do carro do tenente Mackenzie e a entregou ao policial Oliver.

– Você sabe onde eu moro. Vá buscar minha mulher e a leve ao Bice. É um restaurante italiano, pequenino, na 54, entre a 5ª e a Madison. Eu estarei lá esperando por ela, e não deixe que ela perceba ter sido você quem atendeu o seu telefonema.

O policial Oliver entrou no Pontiac e zarpou, enquanto o tenente Mackenzie, meio atordoado, perguntou:

– E eu?

– Vai a pé. À pé para qualquer lugar que queira ir, porque eu vou para o Bice... sozinho. Nada contra você, Mack, é que eu tenho um encontro com a minha garota.

A gargalhada do tenente chamou a atenção de pessoas que passavam. Deram-se tapas nas mãos e saíram à pé em direções opostas.

A amizade entre Jordan e Mack vinha de longe, do tempo em que juntos freqüentaram a Academia de Polícia. Qualquer coisa que um fizesse de errado, o outro perdoava.

Enquanto caminhava, o capitão Jordan começou a olhar Nova York com outros olhos, não como um policial, porque os policiais acostumam-se a uma situação só deles. Policial não olha, vigia.

Aqueles prédios, construídos há décadas, já tinham participado como background de uma infinidade de filmes. Presenciaram muitas coisas. Boas e más, porque as grandes cidades são assim: sem limites.

Quanta gente, hoje famosa, nasceu em uma daquelas ruas da parte West de Manhattan, e quantos morreram nos becos do Brooklin? Nova York é a capital do mundo e, por esta razão, o lugar para onde todos querem ir. E vão, quando surge uma oportunidade. Olhava as pessoas que passavam, examinando-as de maneira como nunca fizera antes. Turistas, latinos, japoneses, nórdicos, havia de tudo. O capitão Jordan sorriu ao pensar "talvez haja até nova-iorquino por aqui".

Essa variedade de povos e raças dava, em sua opinião, um certo encanto à cidade. Fazia com que ficasse bem mais charmosa. Talvez fosse também uma preocupação maior para o seu trabalho. Ele era, afinal, um dos que tomavam conta daquela metrópole que subia na direção do céu, por prédios altíssimos, e descia rumo ao inferno pelas coisas que ali aconteciam. Ele próprio, em vinte e nove anos de polícia, perdera a conta de quantos crimes já havia solucionado, e também de quantas vidas já fora forçado a tirar. E os outros, dos outros distritos?

Nova York, na sua imponência, era uma cidade de fato muito perigosa, ele reconhecia, mas era a única cidade do mundo onde gostaria de morar.

Viu, ao longe, um menino negro puxar a bolsa de uma turista e sumir em uma carreira desabalada. Lamentou não estar mais próximo, mas... quem consegue alcançar um negro americano e uma corrida?

Chegou, enfim, ao Bice e, ao entrar, foi cumprimentado pelo recepcionista com alegria.

– Mas que prazer, capitão. Há quanto tempo não aparece.

– Tem razão, Caldwell. Muito serviço. Mas você sabe que sempre que me sobra um tempinho eu venho comer a melhor massa de Nova York.

– O senhor fez reserva?

– Para todos os efeitos, fiz a reserva desde ontem. É aniversário da minha esposa e combinei de trazê-la para comer aqui. Com a cabeça que eu tenho, esqueci de fazer a reserva. Ela deve estar chegando. Seria ótimo que quando chegasse eu já estivesse sentado, sabe? Seria uma prova de ter feito a reserva.

– É claro que sei, capitão. Vou providenciar imediatamente. Darei um jeitinho.

Quando o recepcionista promete dar um jeitinho é porque tudo já está acertado, e dois minutos depois indicou uma mesa no canto, o ideal para o almoço de um casal apaixonado.

Jordan sentou, tirou um pedaço do maravilhoso pão italiano e, quando começava a mastigar, Susan entrou escoltada pelo policial Oliver, que devolveu a Jordan a chave do carro do detetive Mackenzie.

– Mais alguma coisa, capitão?

– Obrigado, Oliver. Você me ajudou muito. Eu levo Susan para casa, depois do almoço.

Enquanto Oliver se retirava, Susan demonstrou alegria pela atitude romântica de Jordan, mandando buscá-la em casa.

– Adorei. Mas por que não mandou o seu carro?

– Ham? Ah... o meu carro estava fechado por duas viaturas, e Mack me ofereceu o dele.

Susan Bickford tinha quarenta e oito anos, seis a menos que Jordan, e eram casados há trinta. Filha de um pequeno fazendeiro no Texas, viera para Nova York estudar na NYU, onde não chegou a completar o curso, pois Jordan, seu namorado, formou-se em Direito e casaram. Ela ainda quis seguir o curso de Engenharia, mas o nascimento do primeiro filho acabou de vez com as esperanças de um diploma.

Hoje, os filhos eram três: Marc, de dezoito anos, estudando Engenharia na NYU; Mary, de quinze, em um colégio particular perto de casa; e Myrna, de doze, a princesa da casa.

Jordan e Susan formavam um casal bonito e feliz. No começo, foi difícil para Susan acostumar-se com a profissão em que o marido se metera. Tinha medo, mas agora já estava acostumada, já sabia que só tinha o direito de tê-lo quando a cidade dele não mais precisasse. O que Susan aguardava com grande ansiedade era o dia em que Jordan se aposentaria, porque aí iriam viver em Fort Lauderdale, grande sonho que alimentava para seu fim de vida, apesar de, para Jordan, Fort Lauderdale não passar de um enorme pesadelo.

– Pare com essa idéia de Fort Lauderdale, Susan. Você não sabe que eu tenho pavor de furacões?

– Não há furacão maior do que Nova York, e você adora esta cidade.

Tinha razão, mas Jordan, embora tivesse nascido em Albany, considerava Nova York como sendo a sua cidade de verdade. Sentia-se um pouco dono dos prédios e das ruas, pois era um dos "tomadores de conta" de tudo e de todos. Mesmo o Harlem, por todos considerado como o lugar mais perigoso da cidade, freqüentava sem o menor problema. E que ninguém esquecesse o número de negros presos por ele ali mesmo, no coração do Harlem.

Capitão Jordan, homem de decisões duras e atitudes inamistosas, era das poucas pessoas a quem os bandidos da cidade tinham algum respeito, e o mesmo tanto de temor.

Mesmo as piores gangues, as dos jovens, mudavam o comportamento ao saber da proximidade do capitão Jordan, o que era um motivo a mais para ele amar aquela cidade que não dormia nunca.

Em Fort Lauderdale seria um homem qualquer, um a mais na cidade. Ali era totalmente diferente. Em Nova York o respeito era outro, e Jordan de uma certa forma gostava da situação de prestígio de que desfrutava na cidade. Sentia-se alguém importante.

– Francis me escreveu. Está adorando Fort Lauderdale. E Franklin também. E olhe que Franklin era pior do que você, quando Francis falava em mudar para lá – disse Susan. – Estão felicíssimos, e a única queixa de Franklin é de não ter ido antes.

Tirar o capitão Jordan de Nova York era como tirar o Papa do Vaticano e pô-lo para morar em uma casa qualquer de Nebraska. Susan ainda iria entender que aquela cidade era o seu mundo. Nada mais lhe importava; nenhum outro lugar, mesmo na América, lhe parecia suportável. Além disso, o que de bom Fort Lauderdale tinha a oferecer?

– Paz – respondeu Susan. – Fort Lauderdale é o oposto daqui. Aqui nós temos a violência, o perigo e o medo. Lá teremos a paz.

– Então nós já estamos em Fort Lauderdale, Susan, porque... que dia é hoje? 26? Pois neste mês só houve um crime de maior tamanho em Nova York. Já estou ficando até fora de forma. Além daquele caso do chinês, o que mais aconteceu de ruim na cidade? Pequenos furtos, assaltos idiotas...

– Tudo muito bom, tudo muito bem, capitão Jordan, mas o senhor sabe que não há como escapar de ir para Fort Lauderdale um dia após sua já tão próxima aposentadoria. Graças ao bom Deus.

Antes de terminarem a refeição, Caldwell, o recepcionista, veio à mesa e deu um presente ao capitão, embora o aniversário fosse de Susan.

– Gostaram da mesa? Só consegui colocá-los aqui porque o senhor fez a reserva com bastante antecedência, capitão. Felizmente para nós, temos lotado diariamente no almoço e no jantar. O local que eu escolhi estava a gosto do casal?

– Foi tudo ótimo, Caldwell, muito obrigado.

– E agora, então, uma sobremesa?

– Não, Caldwell. Nós não queremos sobremesa, somente a conta.

– Não há conta, capitão. O almoço é da casa. É um pequeno presente que, se o senhor não se incomoda, damos à sua jovem, simpática e admirável esposa.

Jordan agradeceu, colocando uma cédula de dez dólares na mão de Caldwell, sem que ninguém percebesse. Susan recebeu os parabéns do recepcionista e saíram.

O dia continuava lindo e havia uma brisa fresca que os acariciava. Susan evitou que o marido a levasse:

– Já que você não pagou a conta, pague o meu táxi para casa.

Jordan aceitou. Colocou a esposa no táxi e entrou no Pontiac de Mackenzie, virando na direção do distrito.

2

No distrito, a calma era tanta que Jordan pensou ter errado e entrado em um hospital. Ele devolveu a chave do carro ao tenente e quis saber dos últimos acontecimentos da cidade.

– Tudo bobagem. Um carro furtado na rua 93, mas já recuperado. Um assalto a uma joalheria, na Madison, mas o alarme soou e o ladrão foi preso antes de sair. Também houve uma tentativa de assalto a uma *delicatessen* na 3ª Avenida, mas o próprio dono resolveu – era faixa preta de caratê. Nada, capitão. Nova York está em uma tranqüilidade de Greenwich.

Jordan examinou a papelada em cima da sua mesa, deu um ou dois telefonemas... Estava visivelmente procurando o que fazer, catando um serviço. Aquela placidez na delegacia o incomodava. Ele gostava do burburinho, do entra-e-sai de detetives e de presos, de casos complicados.

Nunca, desde sua nomeação para Homicídios, tivera tantos dias tranqüilos, sem nada de importante a fazer. Ele não gostava disso.

– É este céu azul de outono que está amansando as pessoas, mudando a cara da cidade.

Até podia ser, porque os dias vinham seguidamente sendo lindos e a temperatura agradabilíssima, o que tornava as pessoas mais simpáticas, as ruas menos barulhentas. O Central Park começava a se colorir de amarelo em algumas árvores, e mesmo o ruído constante de sirenes da polícia, coisa que praticamente não parava, havia diminuído.

O tenente Mackenzie pediu licença, entrou e sentou-se ao seu lado. Perguntou pelo almoço, por Susan e pelos meninos. Mack, ao contrário de

Jordan, estava gostando da paz daqueles dias. Era como se estivessem de férias. E mereciam, pois o caso do chinês envolvido com a máfia lhes tirara muitas noites de sono e várias vezes pusera suas vidas em perigo. Bem que eles e os demais do distrito mereciam esses dias de paraíso.

– Estamos de férias, capitão.

– É, Mack, mas eu odeio férias.

– Eu sei, mas quando as férias chegam, o que podemos fazer de melhor é aproveitá-las.

Ao dizer esta frase, o tenente Mackenzie percebeu ser a hora de falar o que já trazia pronto na cabeça.

– Há quanto tempo não vai a Atlantic City?

– Eu? A última vez que estive lá foi para ver um show da Lena Horne. Por aí você pode calcular quanto tempo faz.

– Pois então ligue para Susan, mande ela se preparar, vá em casa, tome uma bela ducha, ponha seu melhor terno e vá perder em Atlantic City aqueles quinhentos dólares de prêmio que recebeu depois do caso do chinês.

Pela expressão de Jordan, Mackenzie viu que havia acertado no alvo. Jordan, mais do que ninguém, merecia uma noite assim, sem qualquer preocupação, divertindo-se. Que diversão ele tinha na vida além de ver o futebol ou o basquete pela TV?

– Vamos, capitão. Coragem. Susan vai adorar a idéia, e isto lhe ajudará a transferir-se bem mais tarde para Fort Lauderdale. O que são quinhentos dólares em comparação a uma noite alegre, a um presente que Susan merece e que vai simplesmente amar? Sem falar na possibilidade de acertar um pleno e voltar com cinco ou dez mil dólares, o que não é coisa que ninguém despreze.

– Eu não ganho em jogo, Mack.

– Ninguém ganha, capitão. É por isto que os cassinos estão abertos e Las Vegas continua sendo considerada uma cidade. Ninguém ganha, mas se tentar... às vezes os feriados caem em um domingo.

Jordan puxou o punho da camisa e olhou o relógio. Eram quatro e meia. Fez as contas e calculou que, saindo naquela hora, às oito estaria em Atlantic City. Jantaria, veria o show, daria uma passada rápida no cassino e às duas da manhã estaria em casa, de volta, ao lado de uma mulher extremamente feliz e agradecida.

– Eu vou – disse, já levantando e vestindo o paletó.

Mackenzie, que já havia combinado com todos a proposta que faria ao capitão, abriu a porta e gritou:

– Ele vai!

Foi quando houve, depois de tantos dias de mosteiro, a primeira grande demonstração de vida na delegacia. Alguns jogaram papéis para o alto, outros começaram a aplaudir, enquanto cantavam e gritavam.

– Joga uma fichinha no oito pra mim – pediu um dos detetives.

Jordan ficou encabulado com aquela demonstração de carinho, porque, no fim, era uma grande prova de afeto de todos. Ficou feliz de chefiar um distrito onde as pessoas se preocupavam com ele.

– Mack – chamou, na porta de saída.

– Diga, capitão.

– Telefone para Susan, fale que eu mandei que ela botasse o vestido vermelho e diga para ela usar aquele perfume de Atlanta. Ela sabe qual é. Se ela lhe perguntar por que, diga que eu mandei você dar esse telefonema e que isso é uma ordem. Estarei lá dentro de vinte minutos.

– Agora mesmo.

Jordan entrou no carro, manobrou para sair, mas antes de partir ouviu o grito de Mack da janela chamando por ele. Abriu a porta para escutar melhor.

Mack, da janela do primeiro andar, gritou:

– Mas não esqueça de levar seu celular.

3

Foi maravilhoso. Susan adorou o jantar, as lulas ao molho de escargot estavam deliciosas. O show de Tony Bennett igualmente maravilhoso. Várias canções ele fez com que o público cantasse junto com ele, o que Susan amou, pois conhecia de cor todo o repertório do seu cantor preferido.

No cassino, quando só restavam cento e oitenta dólares, Jordan precisou se conter.

– Se não fossem as duas garrafas de vinho francês... – disse e arrependeu-se, dando um beijo em Susan.

– É só para brincar, Jordan. Nem você e nem eu pretendemos sair ricos de Atlantic City.

– Claro. Guarde estes trinta. Os outros cento e cinqüenta eu vou trocar em fichas e nós dois brincamos.

O *croupier* deu-lhe chips de dois dólares. Setenta e cinco fichas que ele cuidadosamente dividiu em quatro pilhas: deu duas para a mulher, ficou com duas e a ficha que sobrou atirou na mesa. Caiu no 17.

– Não mais – disse o *croupier*, enquanto a bolinha rodava, rodava, rodava... – Vermelho, 17.

Susan deu um pulo e um gritinho, vendo duas pilhas contendo trinta e cinco fichas serem empurradas para Jordan.

Um japonês gordo, como esses lutadores de sumô, ficou ao lado de Jordan e deu um cheque de mil dólares, recebendo do *croupier* chips de cinqüenta dólares que foi espalhando em vários números, aleatoriamente, ficando apenas com a metade do que recebera.

Jordan pegou duas das suas fichinhas de dois dólares e discretamente as colocou em um número em que não havia ficha nenhuma – o número oito, que lembrou ter sido sugerido no distrito.

– Não mais.

A bolinha rodou, rodou, rodou...

– Preto, oito.

Com uma espécie de rodo, um auxiliar do *croupier* puxou o monte de fichas de cinqüenta do japonês, enquanto outro fazia chegar a Jordan quatro pilhas, em um total de setenta fichas.

– Que sorte – disse Jordan olhando o japonês imenso ao seu lado.

O restante de fichas que tinha foi espalhado pelo japonês com a mesma pressa e sem contar quantas fichas deixava em cada número. Parecia que nem lhe importava qual o número onde depositava as fichas. Era como se estivesse querendo se livrar delas.

Susan sussurrou ao ouvido de Jordan:

– Zero.

Jordan colocou cinco fichas no zero.

– Não mais... Zero.

Susan deu um salto e se agarrou ao pescoço de Jordan com tanta alegria que somente aquele gesto já teria valido a ida a Atlantic City.

– Continuamos ou paramos? – perguntou Jordan. – Você é quem resolve, porque você é a dona da noite.

Susan tomou a mais acertada das decisões:

– Pegue de volta os cento e cinqüenta, guarde no bolso e continuamos um pouquinho mais, só que agora jogando não com o nosso, mas com o dinheiro deles.

Foi o que Jordan fez.

Era uma noite para ficar no cassino até o amanhecer. Jordan acertou três plenos em seguida e já separou o dinheiro gasto no jantar (com duas garrafas de vinho francês) e no show. Agora sim, era realmente o dinheiro deles.

– Não mais... Vermelho, 27.

Havia cinco fichas de Jordan no número premiado. Ele ainda acertou dois plenos mais e já recebia o pagamento não em fichas, mas em placas. Enquanto pagavam a Jordan e trocavam mais uma vez o *croupier*, Susan determinou:

– Agora chega.

Jordan ainda fez menção de "uma última... mais uma vez só...", mas a dona da noite já havia resolvido.

Naquelas fichas ganhas, aproximadamente oitocentos dólares, estava o dinheiro para a reforma da casa que ela há tantos meses desejava fazer.

No carro, na volta a Nova York, Jordan comentou ter sido ótima a idéia de parar de jogar naquele momento. A casa estava mesmo precisando de uma reforma.

– E a reforma será feita – disse Susan abraçando-o, após livrar-se do cinto de segurança. – Temos que fazê-la o mais breve possível, antes da mudança para Fort Lauderdale, para a casa valer mais quando a pusermos à venda.

Se pensava que Jordan se aborreceria, enganava-se. Jordan deu uma gostosa gargalhada, tirou seu cinto de segurança e passou a dirigir abraçando Susan, sem deixar o ponteiro chegar às trinta milhas. Em certo momento pensou:

– Talvez Susan tenha razão. Nada melhor do que a paz. A paz que estamos tendo aqui. Ou a paz que está envolvendo Nova York. Por que esta minha preferência pelo movimento se a paz é tão melhor?

4

Os três crimes aconteceram quase um em seguida ao outro.

No primeiro, o assassino subiu pela escada de incêndio, cortou com um diamante o vidro da janela, por onde meteu a mão e soltou a trava. Aberta a janela, ele entrou no apartamento onde um homem, de bermuda e sem camisa, via um jogo de basquete na TV.

Sobre a mesinha de centro, duas latas de cerveja vazias.

O assassino entrou em silêncio e chegou à sala por uma porta que o colocava às costas do homem. Levantou a faca, mas o homem, pelo reflexo na tela da TV, percebeu a sombra de alguém às suas costas.

Ele era forte, apesar de já ter uma certa idade. Entraram em luta corporal, rolando pelo chão, quebrando o apartamento na troca de socos. O assassino levou uma cabeçada na boca que o fez perder o pivô. Era seu dente incisivo. Foi o motivo para fazer crescer o ódio do criminoso. Ele derrubou o homem, conseguiu imobilizá-lo e, antes de lhe enfiar a faca no coração, berrou:

– Lembra-se do Vietnã?

Quase à mesma hora, John Fulger retornava para sua casa por uma rua do West Side. Estivera até aquela hora jogando bilhar com os amigos e agora voltava, torcendo para pegar os dois últimos quartos do jogo do Knicks. Assobiava uma canção antiga e trazia jogado no ombro um pulôver que devia estar vestido, pois a noite esfriara um pouco.

Chegou à sua casa e, antes de subir a escadinha, meteu a mão no bolso para pegar a chave.

– Tem fogo? – perguntou uma voz grave, partida de um vulto no escuro.

John Fulger sorriu e respondeu, entre lamentando e com alegria.

– Não. Eu não fumo.

– Que pena – disse a voz. – Mas eu tenho.

Apontou para John Fulger uma arma com silenciador. Deu o primeiro tiro e perguntou, enquanto John já caía sobre uma poça de sangue:

– Lembra-se do Vietnã?

Em seguida disparou várias vezes, enchendo de sangue a calçada, sem que ninguém visse ou escutasse nada.

Dez ou quinze minutos depois, Robert Andrews fazia seu *jogging* diário no Central Park.

Gostava do vento batendo no seu rosto, do perfume que vinha do parque. Robert corria em ritmo bastante acelerado, mostrando ter um bom preparo físico, aproveitando a noite calma, linda e enfeitada por uma maravilhosa lua cheia.

À proporção que corria, afastava-se do movimento, o que não importava, pois era o trajeto que há anos ele fazia diariamente.

Um pouco adiante, ao passar por um arbusto, alguém colocou a perna à sua frente, fazendo-o tropeçar e cair. Não teve tempo de se levantar. O homem que o derrubara montou sobre Robert e mostrou-lhe um fio de aço. Para seu espanto, o homem passou o fio de aço em volta do seu pescoço.

– Lembra-se do Vietnã? – perguntou, enquanto enforcava-o com indisfarçável prazer.

Matá-lo deu tanta satisfação que o homem nem percebeu seu chaveiro cair do bolso e ficar jogado no chão, ao lado do morto.

Jordan e Susan chegaram em casa às duas e meia. Felizes e apaixonados, prometiam-se uma noite de muito amor e carinho. Guardaram o carro na garagem, e, então, Jordan percebeu um carro da polícia parado em frente à sua porta. Susan também viu e puxou Jordan.

– Vamos embora daqui, Jordan. Vamos dormir em um hotel.

– Há alguém aí me procurando.

Disso ela sabia, e era por isso que propunha a ida para o hotel. Mas como convencer Jordan, se ele já vira a viatura?

Dois policiais o esperavam.

– Oh, capitão, até que enfim o senhor chegou. Esqueceu de levar o celular, não foi?

– Não – disse Jordan. – Eu levei. Está aqui... Desligado?

– Alguém deve ter desligado, para você viver um pouco – disse Susan, deixando-os de lado e entrando, furiosa, em casa.

Jordan foi informado dos crimes. Não podia deixar de ir ao distrito. Todos estavam certamente esperando por ele para começar as providências. Lamentava demais as coisas terem acontecido no final daquele dia tão calmo e diferente, mas o chamamento do dever colocava-se maior no seu íntimo.

Foi até Susan, desculpou-se, mas o dever o chamava. Susan, já deitada, limitou-se a colocar o travesseiro cobrindo a cabeça.

Jordan, antes de sair, deixou sobre a mesa de cabeceira todos os dólares do bolso: os que levara e os que havia ganho, esperando, assim, readquirir o bom humor de Susan ao acordar, porque deitar-se em uma cama e dormir um bom sono para ele passava a ser uma possibilidade muito longínqua.

5

Se a falta de movimento entristecia o capitão Jordan, ele agora tinha no seu distrito todos os motivos para soltar gargalhadas, pois a confusão era absoluta.

Todos os detetives haviam sido requisitados para colaborar na elucidação dos três crimes ocorridos quase à mesma hora em pontos inteiramente diferentes da cidade.

Jordan entrou na sua sala e chamou os três detetives a quem os crimes haviam sido denunciados para conhecer todos os detalhes.

O primeiro foi comunicado ao detetive William Ned, um negro de ótimo aspecto e muito elegante, com uma barba bem aparada e um bigode cuidadíssimo. William Ned tinha quinze anos de polícia, mas vestia-se e portava-se como um professor de Yale. Trabalhava tendo como parceiro Frank Gonzalez, um bom policial, filho de mexicano e já lotado na Homicídios há mais de sete anos, tantos quantos os anos de Ned naquele serviço.

O detetive que recebeu o telefonema sobre o segundo crime foi Thomas Winnipeg, homem por volta de sessenta anos e a poucos meses de uma merecida aposentadoria. Detetive à antiga, durão e altamente profissional; um desses em quem se acredita apenas com um olhar. Sua parceira, Natasha Wyler, era tida como mais macho do que metade dos detetives do 82º Distrito. Eficientíssima no trabalho e sempre vencedora nos concursos de tiro vez por outra realizado pelos detetives.

O terceiro detetive era Paul London, recém-promovido à seção de homicídios, mas prudentemente colocado para trabalhar com um parceiro de larga experiência – Billy Fat, assim chamado por suas banhas que cresciam a cada dia, aumentando-lhe a circunferência. O que lhe faltava em agilidade, sobrava em conhecimento absoluto do trabalho que fazia.

Jordan bebeu um copo de água, engoliu uma xícara de café morno e se mostrou preparado para começar a ouvir o que lhes tinham a dizer.

– Fale você, Ned.

– Uma mulher me ligou, aos prantos, contando que quando voltava do cinema encontrou o marido esfaqueado e a sala toda revirada. Eu e Gonzalez estivemos lá e, de fato, tudo indica ter havido uma luta violenta entre ele e o assassino. Não há na sala nada no lugar. Gonzalez achou isto no chão – e tirou do bolso um lenço, dentro do qual havia um dente postiço. – Um pivô incisivo. Os médicos e o pessoal da perícia ficaram lá enquanto nós viemos.

– OK, Ned. Agora você, Thomas.

– O guarda que faz a ronda entre a 80 e a 90, no West Side, foi quem comunicou ter achado um corpo na calçada, esparramado sobre uma lagoa de sangue. Eu e Natasha estivemos lá. Deixei o local cercado, proibi a entrada de qualquer pessoa no prédio, incluindo os moradores, e aqui estou para receber suas ordens.

– OK, Thomas. Paul...

– Central Park. Um cidadão que costuma fazer *cooper* de noite foi quem encontrou o corpo de um homem degolado, provavelmente por um fio de aço. O assassino deixou cair seu chaveiro ao lado do corpo. Billy Fat está com o chaveiro.

Pronto. Jordan agora precisava decidir por onde começar o trabalho, que certamente seria dos mais complicados e difíceis. Mas não era exatamente isso que ele tanto queria? Pois ali estava o seu desejo realizado: um adeus à paz, por um longo tempo.

– Vamos começar pela calçada. Ned e Paul, voltem ao local e procurem qualquer coisa que possa nos ajudar nas investigações. Conversem com a mulher dele e veja se ele era dado a ter inimigos, como os vizinhos o definiriam, se sabiam se era viciado em drogas ou não, quem costumava visitá-lo... Enfim: vocês sabem o que fazer até eu chegar. Quanto ao Central Park, vamos ver se encontramos mais algum indício. Aí me parece que está o trabalho mais duro, pois se o homem fazia *cooper,* não deve ter nenhuma identificação. Vamos, Thomas, faz tempo que eu não ando pelo West Side. Vejam como é a vida. Eu devia ter jogado pôquer em Atlantic City. Aqui, sem jogar, já estou com uma trinca nas mãos.

6

Jordan desceu do carro e mandou que dispersassem os curiosos. Não queria ninguém por perto em um raio de cem metros. Em seguida, aproximou-se do corpo estendido na calçada.

O morto aparentava ter entre cinqüenta e sessenta anos e levara nove tiros. No excesso de sangue espalhado na calçada, já quase coagulado, Jordan percebeu que havia pegadas.

– O assassino foi embora por aqui, deixando esta marca no chão. Não é muito, mas é o que temos. Mande examinar as pegadas, que tipo de sapato é, o tamanho do pé, para que possamos calcular sua altura aproximada. Peça que tirem delas o máximo que puderem. Ninguém viu nada, não há nenhuma testemunha?

– Não senhor, capitão – respondeu o guarda que dera a informação ao distrito. – Eu passei por aqui porque é o trajeto que sempre faço: desço a 84, viro, subo a 85... Quando passei, o corpo estava aí como o senhor está vendo. Liguei imediatamente para o distrito de um telefone ali da esquina e não me afastei mais daqui até os detetives chegarem, sem deixar que pessoa alguma se aproximasse.

– Fez um bom trabalho, garoto. Vejam se conseguem algum progresso. Vamos então ao outro, que me parece não ser longe. Onde é?

– Aqui perto, na 105 – disse Ned.

O apartamento do morto ficava no segundo andar de um prédio sem elevador. Jordan rodou a sala e percebeu o vidro da janela cortado, mostrando por onde o assassino entrara. No mais, pelo físico do assassinado e a evidente prova de uma briga dura, o assassino deveria ser alguém de bom porte físico, ou uma pessoa muito mais jovem. A briga parecia ter sido pau a pau.

– Podem levar o corpo, mas não mexam em nada. Onde está a viúva?

– Aqui no apartamento vizinho.

– Quero que ela durma lá e só volte aqui depois da nossa autorização. Ponham dois guardas na porta. E você, Ned, vá bater um papo com a viúva. Vamos dar um giro agora pelo Central Park.

Ninguém mais corria no parque. Todos que faziam *jogging* cercavam o corpo, além de curiosos que ninguém podia dizer de onde haviam surgido àquela hora já tão avançada da noite.

Um cordão de isolamento já fora colocado, e Jordan, ao olhar o morto, percebeu uma coisa que talvez viesse a ter importância na solução dos crimes: os três mortos eram de bom porte físico, e todos tinham uma idade próxima aos sessenta anos.

– Não temos muito, mas com o que temos precisamos começar a trabalhar.

– Pretende começar por onde, capitão?

– Pela minha cama. Amanhã quero todos às sete e trinta no meu gabinete.

Olhou o relógio, que marcava cinco horas. O sol já dava sinais de estar chegando. Jordan mudou a ordem.

– Amanhã, que eu digo, é daqui a pouco.

7

Jordan foi o último a chegar para a reunião. Os demais já lá estavam, inclusive Mackenzie.

– Desculpem o atraso. Além dos mortos, o que é que nós temos?

– Muito pouco ainda, capitão. Tudo que sei é que o homem que brigou para morrer esteve na guerra do Vietnã. A mulher contou que ele voltou vivo por milagre. Era caseiro, saía raras vezes e, no prédio, era considerado por todos. O casal era muito bem quisto, porque nenhum dos dois reclamava de nada, e nada fazia que causasse aborrecimento a morador algum. Nunca teve nenhum envolvimento com drogas; pelo contrário, era dos que faziam parte de uma sociedade antidroga fundada na igreja que o casal freqüentava.

– Um veterano do Vietnã, então. Neste caso, a guerra da vida não foi a primeira que ele perdeu – disse Natasha, sem que ninguém achasse a menor graça.

Jordan levantou-se e olhou pela janela, antes de perguntar diretamente a Paul London:

– E o morto do Central Park, quem era?

– Estou procurando, capitão. Investigando aqui e ali. Mas vou descobrir, disto o senhor pode estar certo. Entre hoje e amanhã já terei o nome dele.

Billy Fat, esparramado na poltrona, limpando as unhas com um enorme canivete, falou, sem tirar os olhos do que fazia:

– Nome: Robert Andrews. Idade: cinqüenta e seis anos. Veterano da guerra do Vietnã e sem profissão. Vivia do dinheiro que mensalmente recebia do governo.

Paul London não gostou de ser desmoralizado assim, na frente de tantos colegas.

– É invenção sua, para me desmoralizar.

– É verdade. E para desmoralizar você não preciso inventar nada, Basta exibi-lo.

– Como foi que você ficou sabendo disso tudo?

– Porque eu sou detetive, garoto, e os detetives descobrem o que precisam saber.

Jordan se meteu no meio dos dois, pois a raiva de Paul London já era transbordante. Pegou Paul pelo braço e o levou para longe de Billy Fat, que continuava a limpar as unhas com o enorme canivete.

– Vocês são parceiros, Paul. O que um descobrir, foi descoberto pelos dois. Parceria é isto, você não entende? Um trabalho conjunto, um trabalho comum.

Falou com Paul e voltou a comandar a reunião, falando diretamente para Winnipeg e Natasha.

– Procurem saber tudo do homem da 84 West. Tudo, principalmente se também ele esteve no Vietnã.

Natasha e Winnipeg se entreolharam e começaram a falar.

– Ele era morador daquele prédio. Morava no 3-E, o apartamento de fundos do terceiro andar. Estivemos lá – disse Winnipeg.

– Quando? – perguntou Jordan.

– Ontem – respondeu Natasha. – Não havia tempo a perder e até conseguirmos um mandado... Reviramos o apartamento todo.

– Era um homem pobre – disse Winnipeg – a ponto de só ter uma calça a mais, além da que vestia.

Jordan perdoou a invasão de domicílio quando Natasha fez a mais importante declaração daquela reunião.

Eu vi, em cima de um móvel, um porta-retratos onde ele está... fardado.

Winnipeg adiantou-se para entregar ao capitão uma agenda.

– Apesar de no apartamento não ter telefone, encontrei esta agenda, que talvez possa esclarecer alguma coisa.

Jordan agradeceu e começou a folhear a agenda, enquanto Natasha levantou-se, foi até a mesa e depositou à sua frente a carteira de identidade do morto.

– Douglas Falkson Junior, natural da Carolina do Norte, cinqüenta e cinco anos de idade – disse Natasha já voltando ao seu lugar, mostrando ter tudo decorado.

Capitão Jordan começou a andar entre os detetives, não falando, mas pensando alto.

Todos sabiam que, ao fazer isto, o capitão dava a quem quisesse o direito de interromper.

– Então já temos um ponto de partida: três crimes, três mortos que estiveram no Vietnã. Pelo fato de os crimes terem sido cometidos praticamente à mesma hora, já temos o direito de imaginar o quê?

– Temos três assassinos – completou Paul London, na maior felicidade.

Billy Fat parou de cavoucar as unhas e aplaudiu, sozinho e sem vontade, a "grande descoberta" de Paul London.

– Viram por que razão eu adoro o parceiro que me foi dado? Por causa dessa sua inteligência fulgurante e enorme perspicácia.

Capitão Jordan o censurou com um olhar e dirigiu-se especial e diretamente a Paul.

– Sim, Paul, e também é possível que tenhamos uma gangue, que os três crimes tenham sido cometidos por um mesmo motivo, por um mesmo grupo.

– Vingança – sugeriu Mackenzie. – Vingança de alguma coisa acontecida no Vietnã, o que me faz pressupor que os três criminosos também estiveram no Vietnã.

– É muito possível, Mack. Acho provável que os três assassinos sejam, como os mortos, veteranos daquela guerra estúpida.

Capitão Jordan estava satisfeito pelo que sabia já na manhã seguinte aos três crimes.

– Procurem saber tudo sobre os mortos e vejam se encontram alguma ligação entre eles. Quando acharmos a primeira coisa que os ligue, teremos a ponta da meada.

8

Jordan atendeu aos repórteres do melhor modo possível, com a máxima paciência e a cara de simpatia que pôde conseguir produzir depois de uma noite em que não dormira mais do que uma hora e quarenta e cinco minutos. Explicou o que todos desejavam saber e respondeu, pacientemente, a tudo que lhe foi perguntado.

– E já tem um bom ponto de partida para iniciar as investigações, capitão?

– É muito cedo ainda para eu declarar já possuir algum fato concreto. Quinze horas após as mortes terem ocorrido é pouco tempo. Não nos esqueçamos de que estamos tentando a solução não de um crime – o que já não é tão fácil –, mas de três, o que triplica as costumeiras dificuldades. Mas tudo será esclarecido, podem ter certeza.

Um repórter de jornal perguntou, lá do fundo, se o capitão acreditava haver uma ligação entre os três crimes – pergunta a que Jordan não poderia responder, pois esta era a única arma a favor da polícia e precisava ser guardada o mais possível. Jordan deu um sorriso.

– Pelo fato de os três crimes terem ocorrido praticamente à mesma hora?

– Sim – insistiu o repórter.

– Temos, senhor. Temos uma palavra que os liga: coincidência.

O repórter foi insistente, para desagrado de Jordan, que, a bem da verdade, não era dos que admiravam o trabalho de repórteres bisbilhoteiros e metidos a saber mais do que seus colegas.

– E são comuns, essas coincidências? Três homens aparentando terem a mesma idade são mortos na mesma cidade quase à mesma hora. O senhor não acha que é coincidência demais, capitão?

– Acho.

– E o que diz disso?

– O que o senhor acaba de dizer e considero muito bem definido: coincidência demais.

A gargalhada de todos da imprensa deixou o repórter irritado, mas o que ele podia fazer?

A entrevista coletiva demorou vinte minutos, e Jordan aproveitou para pedir a todos que tranqüilizassem a população, cortando a possibilidade que o povo já levantava de "haver um louco à solta pela cidade", afirmando não existir tempo suficiente para uma única pessoa consumar os três assassinatos, dada a distância entre o local dos três crimes.

– Nós, da polícia, estamos começando um trabalho, e eu lamento demais a impossibilidade de solucionar os crimes em quinze ou trinta horas, mas garanto resolvê-los. Isto eu digo lhes dando a minha palavra de honra. Mais depressa do que possam imaginar eu lhes comunicarei a solução de tudo.

Os repórteres deixaram a sala do capitão de um certo modo satisfeitos com as respostas e com a maneira educada como haviam sido recebidos.

O capitão Jordan também, por esta razão, era um dos raros policiais de Nova York a contar com o maior respeito da imprensa nova-iorquina.

Agora era aguardar. Jordan sentou-se à sua mesa e começou a escrever o que já era sabido: os nomes, a idade, o fato de serem três veteranos de Vietnã...

– A sra. Fulger, capitão.

– Faça com que ela entre, Oliver.

Oliver ajudou-a, segurando-lhe no braço.

A sra. Fulger, viúva de John Fulger, sentou-se na cadeira à frente do capitão.

– Desculpe tê-la feito vir aqui, sra. Fulger. Diante do estado em que está, neste momento de tanta tristeza, a indelicadeza passa a ser maior, mas espero que a senhora entenda: temos três grandes problemas a resolver, a começar pela estúpida morte do seu marido. Por esta razão, não nos sobra muito tempo para fazer visitas. Acredite que foi a última vez que a chamamos aqui e tenha certeza de que descobriremos quem matou seu marido. Dou-lhe minha palavra de honra. Acabei, há pouco, de dizer o mesmo à imprensa.

– O que eu quero, capitão, é exatamente isto: que o senhor encontre o homem que matou meu marido, e... e...

Chorou algum tempo. Jordan respeitou seu pranto. Começou a lhe fazer perguntas quando a considerou já em condições de fornecer as respostas de que precisava. Para isto a havia requisitado.

– Seu marido era veterano de guerra, sra. Fulger.

– Sim, era.

– Por quanto tempo ele esteve no Vietnã, participando daquela guerra sem nenhum sentido?

– O senhor disse muito bem, capitão. Meu marido esteve mais de três anos lutando naquela guerra idiota. Os Estados Unidos não tinham nada a fazer no Vietnã.

– Depois de voltar da guerra, seu marido mantinha amizade com outros veteranos iguais a ele? Costumava encontrar-se com colegas que com ele haviam estado no Vietnã?

– Não, nenhum. John tinha o Vietnã como um fantasma do qual sentia o maior pavor, queria apenas esquecer. Vietnã era palavra proibida lá em casa. Nem ele falava e nem gostava que eu ou alguém mais falasse de Vietnã. Eu entendia, porque...

– Alguma vez contou à senhora alguma coisa de especial sobre a guerra? Vitórias duramente conseguidas ou derrotas arduamente sofridas?

– Nunca.

– Naturalmente ele foi para o Vietnã por ter recebido uma ordem e não por vontade própria, estou certo, sra. Fulger?

– Sim. John viu a entrada dos Estados Unidos nessa guerra como um grande erro. No dia em que chegou me disse: "Estou voltando do inferno, e nunca mais quero saber dele". Daí o senhor imagine o que ele sentia quando a palavra Vietnã era mencionada.

– Eu entendo. Seu marido recebeu, algum dia, um telefonema que a senhora pudesse julgar diferente do normal, um telefonema que pudesse ser definido como esquisito ou estranho?

– Nenhum. Nunca. Se John recebia, por mês, mais de cinco telefonemas era raridade.

– Por que ele saía tão pouco de casa?

– Não gostava. Não podia ser chamado de um "neurótico de guerra", mas o Vietnã, as balas, as bombas, as mortes de amigos e companheiros fizeram do meu marido um homem com medo de sair à rua. Via televisão o dia inteiro. O canal que só passa esporte.

– E a senhora achava isto lógico? Não insistia em que lhe fizesse companhia? Por exemplo, sra. Fulger: no dia em que ele foi assassinado a senhora havia ido ao cinema sozinha.

– Sempre fui sozinha

– Não pode me dizer um nome de alguém que tenha sido seu companheiro na guerra?

– Não, senhor. John nunca falou de ninguém, nunca citou nome nenhum. Pelo menos que eu me lembre, capitão.

– Talvez se eu falar, possa ajudar sua lembrança. Ouviu algum dia ele mencionar os nomes de Douglas Falkson Junior ou Robert Andrews?

– Nunca.

– Obrigado, sra. Fulger. Meus respeitos e meus pêsames. Eu sinto muito o que aconteceu e, se precisar lhe fazer alguma outra pergunta, irei pessoalmente à sua casa. A este distrito policial a senhora nunca mais voltará, pode ter certeza.

– Desculpe se eu não ajudei muito, capitão, e entenda meu marido. Ele esteve três anos no Vietnã. Um grande erro em que nosso país se meteu. O senhor não sabe o que é ir a uma guerra, como eu também não sei, mas meu marido sabia. Ele sabia, capitão.

– Respeito e lamento muito a morte bárbara do seu marido, mas, pelo posto que ocupo, sra. Fulger, eu sei o que é estar dentro de uma guerra. Poderia até lhe dizer que há vinte e nove anos eu estou no cerne de uma guerra. A diferença é que esta guerra que luto nunca terá fim. Passe bem.

Oliver veio buscar a sra. Fulger e a levou até a porta de saída, por onde um detetive entrava na companhia de um homem negro, de idade avançada, morador do apartamento 2-C da 84 West.

– Meu nome é Jordan Bickford. Capitão Jordan. O senhor como se chama?

– Eu sou Peter Donovan – disse o negro, cujos cabelos brancos já começavam a escassear na nuca.

– Há quanto tempo mora no prédio da 84 West?

– Sempre morei lá.

– O que quer dizer com "sempre"?

– Eu nasci naquele apartamento, sempre morei lá.

– E conhecia bem o sr. Douglas Falkson Junior?

– Em um prédio como aquele ninguém se conhece bem, capitão. Aliás, cada um faz questão de não conhecer o outro. Moro lá porque meu pai já morava, o apartamento ficou para mim e... para onde eu poderia mudar? Vontade, eu tenho muita, mas com que dinheiro?

– O senhor ainda trabalha?

– Não, senhor.

– E do que vive, sr. Donovan?

– E quem vive? Eu espero a morte. O apartamento já é da minha filha. Passei para o nome dela há quatro anos. Ela é enfermeira no hospital Monte Sinai.

– E é ela quem dá dinheiro ao senhor?

– Tenho a minha aposentadoria, mas se falta qualquer coisa em casa é ela quem compra.

– Pode me dizer alguma coisa sobre o sr. Douglas Falkson Junior? De algum amigo dele? Se era dado a receber pessoas no seu apartamento, se era brigão, se tinha algum inimigo declarado? Alguma coisa que nos ajude a avançar nas investigações.

– Eu sinto muito, capitão. Do meu apartamento eu nem vejo a rua onde mataram o sr. Falkson, e posso falar o que dele? Nós nos cruzamos umas dez ou vinte vezes no prédio. Sei que ele morava sozinho e, segundo escutei ontem, enquanto a polícia estava lá, que não gostava muito de ir à rua. Passava a maior parte do tempo em casa. Mas isso eu estou falando porque escutei assim de passagem.

– E quem falou isso para o senhor?

– Para mim, não. Foi a moradora da 1-A, que não dorme e sabe da vida de todos do nosso prédio. Estava falando lá para todo mundo escutar.

– O nome dela, sr. Donovan.

– Moradora do 1-A. É como todos chamam. Nem sei se tem nome. Todo mundo chama de "Moradora do 1-A".

– Obrigado, sr. Donovan. De qualquer modo o senhor nos deu uma ajuda. Desculpe o aborrecimento de ter trazido o senhor aqui.

– Estou às ordens, capitão.

Oliver conduziu o sr. Donovan até à saída. Jordan encontrara apenas um fato que poderia ter relação com os casos: os dois assassinados saíam pouco de casa, o que nem era algo de chamar a atenção, pois as pessoas de mais idade evitam as ruas da cidade, principalmente à noite, com medo de serem assaltadas. A alegria esfuziante que Nova York transmite de dia é menor do que o pavor que ela inspira depois de escurecer.

Estava ainda procurando juntar três peças que fossem do enorme quebra-cabeças que tinha a montar quando Oliver anunciou a presença de Jackson Kleinberg, supostamente amigo de Robert Andrews, o homem assassinado enquanto fazia seu *jogging* diário.

– Era amigo do sr. Andrews, sr. Kleinberg?

– Amigo, não. A gente se conhecia.

– Eram conhecidos do prédio? O senhor mora no mesmo prédio onde ele morava? De onde se conheciam, enfim?

– Do Central Park. Eu moro na rua 32, e ele morava lá para os lados da 11ª Avenida.

– Como se conheceram no Central Park?

– Coincidia de fazermos *jogging* quase sempre à mesma hora, todos os dias. Várias vezes corremos juntos, porque nossa idade regulava e dava para um suportar o ritmo do outro. Ele era bem mais velho do que eu, mas tinha um preparo físico muito bom. Às vezes era difícil conseguir acompanhar o seu ritmo.

– E, durante o *jogging*, conversavam?

– Pouco, a gente estava lá para correr.

– E neste pouco em que conversavam, falavam principalmente de que, sr. Kleinberg?

– A gente falava de televisão, de futebol, da situação do país, do presidente... Essas coisas que todos conversam. Essas conversas que não levam a nada.

– O senhor esteve na guerra do Vietnã, sr. Kleinberg?

– Não, senhor. Durante todos os anos da guerra eu era correspondente do New York Times na Holanda. Minha família é de Haia, então me transferiram para a Holanda, achando que estavam me dando um presente. Eu odeio a Holanda, aquela paz, aquela insuportável tranqüilidade, aquele silêncio. Não sei, mas eu só gosto de Nova York, do seu barulho, destas atribulações constantes.

– Entendo. E por que corria no Central Park, sendo um morador da rua 32? Não há lugares mais próximos à sua casa igualmente bons para o senhor fazer o seu *jogging* diário?

– Eu gosto do Central Park. Tem mais gente, é mais movimentado e, como tenho um carrinho...

– Obrigado, sr. Kleinberg. Se for preciso volto a chamá-lo aqui. Espero não estar aborrecendo.

– O senhor acha que eu devo parar de correr no Central Park, capitão?

– Não depende mim, sr. Kleinberg – depende do seu carrinho.

Mackenzie, com uma folha de papel na mão, esperava a saída do sr. Kleinberg para entrar com uma notícia que julgava muito importante.

– O que há, Mack?

– Tenho um velho amigo no Pentágono. Liguei para ele, contei o acontecido, dei os três nomes e há pouco ele acabou de responder ao telefonema. Os três mortos faziam parte da 82ª Companhia, que foi praticamente dizimada em uma emboscada dos vietcongues em uma cidade a 120 quilômetros de Saigon. Ele vai procurar saber o nome da cidade.

– Não precisamos do nome da cidade. Veja se seu amigo consegue saber como se deu a dizimação desta 82ª Companhia.

– Ele me dirá.

– Este é um passo largo. Veja se consegue com ele, também, os nomes de todos os integrantes da 82ª Companhia e, depois, tentaremos localizar sobreviventes. Eles terão, com certeza, uma boa história para nos contar.

9

A relação dos integrantes da 82ª Companhia chegou ao distrito por fax às oito da noite. O Pentágono tinha o maior interesse em que tudo ficasse esclarecido o mais rápido possível.

Era uma relação de quatrocentos nomes, com endereços e telefones. Não havia, no entanto, nenhuma citação sobre vivos e mortos.

Os detetives se olharam, já imaginando o trabalho que teriam para enfrentar, cada um deles desejando não ser escolhido pelo capitão para fazer o inevitável serviço de triagem.

– William, Thomas, Frank e Natasha. Vocês cuidarão da triagem.

– Um momento – disse Billy Fat, examinando a relação de nomes. – Jones Wilkinson. É meu amigo. Bem, foi meu amigo. Jogamos baseball juntos quando éramos jovens. Ele mora em Nova Jersey. Vou fazer uma visita ao meu antigo *catcher*. Quem sabe eu não trago de lá alguma coisa que possa nos ajudar?

– Se ele estiver vivo – disse Paul London.

– Não se preocupe, garoto. Se ele estiver morto eu deixo que você o interrogue.

Capitão Jordan concordou e, Billy Fat saiu, como sempre incomodado pela presença de London, a quem deveria estar ensinando em vez de tripudiar e ridicularizar. Mas Billy Fat era assim, e nada o faria mudar de comportamento.

A enorme lista foi entregue aos quatro detetives responsáveis pela triagem. Às nove da noite eles começaram o serviço, cabendo cem nomes a cada um.

– Vai ser uma noite longa porque temos contra nós, além de tudo, o fuso horário. Agora, por exemplo, é uma da manhã em Los Angeles.

Mas tinha que ser feito, pois deviam ser tirados da lista os mortos, os que moravam em estados distantes, os que voltaram para o Vietnã por terem constituído família lá, os desaparecidos. Seria de fato uma noite longa, mas o trabalho reduziria aquela lista de quatrocentos nomes a um total de, no máximo, o quê? Cinqüenta? Trinta? Afinal, o que se falava não era de uma dizimação? Quantos teriam sobrevivido na 82ª?

Encomendaram sanduíches e sucos, além de duas garrafas de café, e começaram a dar os telefonemas.

Pouco depois do início da triagem, Billy Fat parava seu velho Plymouth à porta de uma casa de madeira, em uma rua escondida de um bairro pobre de uma das menores cidades do estado de Nova Jersey. Era uma rua calma, escura, habitada por gente sem posses, a maioria imigrantes.

Antes de entrar na casa e perguntar por Wilkinson, Billy Fat fez London, que dirigia o carro, ligar novamente o motor e seguir até o fim da rua, examinando o local. Na volta, estacionaram o Plymouth à porta da casa de Wilkinson.

– Vamos lá? – perguntou London, já abrindo a porta do carro.

– Você fica. Eu vou sozinho. Quero dar a aparência de uma visita amistosa – respondeu Billy Fat, descendo e se encaminhando para a casa, que tinha a guardá-la uma frágil cerca de madeira, cuja pintura já estava descascada, pedindo uma tinta nova.

Billy Fat tocou a campainha e aguardou. A porta foi aberta por uma linda e jovem loura de quatorze anos, aproximadamente.

– Boa noite, senhorita. Eu sou William Crest, um velho amigo de Wilkinson que, presumo, é o seu pai, estou certo?

– Sim, ele é meu pai.

– Ele está em casa?

– Está, mas...

– Então por favor, diga que quem quer vê-lo é Billy Fat, o melhor *pitcher* que ele já conheceu, incluindo os profissionais de hoje em dia. Billy Fat.

– Um momento.

A moça fechou a porta e, segundos depois, o próprio Wilkinson a escancarou, de braços abertos.

– Billy Fat, seu crápula – foi a saudação de Wilkinson. – Onde você estava metido? Há mais de trinta anos eu não via estas banhas que já ganham disparado das minhas.

O sargento Wilkinson era um homem de rosto corado, cabelos grisalhos e quase tão gordo quanto Billy Fat. Puxava por uma perna e já caminhava, talvez por isso, como se tivesse oitenta anos. Apesar disso, percebia-se ter sido um homem forte, pois ainda possuía braços musculosos e um pescoço de lutador de vale-tudo.

Fez o amigo entrar, encomendou dois uísques à filha e se sentaram em duas surradas poltronas, após Wilkinson desligar a televisão ainda em preto-e-branco na qual era exibido um velho filme de faroeste com Randolph Scott.

– O que faz na vida, homem? – perguntou Billy Fat, enquanto recebia o uísque da mocinha.

– Passo o tempo, Billy. Na minha idade e com a saúde ruim como ando, já não há muito a ser feito. Recebo um dinheiro do governo e, graças a ele e às muitas economias que fazemos, tenho minha filha em um bom colégio e espero viver até vê-la receber o diploma. Dito isto, você já sabe tudo de mim. E você, seu gordo fanfarrão?

– Ah, homem, eu faço a coisa que mais detesto, mas você sabe que há uma hora na vida em que temos que aceitar o que nos é oferecido. Andei desempregado mais de sete meses, vivendo às custas de um pequeno serviço aqui, outro ali, até que me apareceu um trabalho que eu odeio, mas foi o que me tirou de todos os apertos. Eu sou tira.

– Tira? Você é um tira? – e Wilkinson explodiu em uma gargalhada cortada seguidamente por uma tosse. – Imagino a facilidade com que corre atrás dos bandidos, com esse corpinho de modelo. Por isto a cidade está como está. A polícia dá emprego a qualquer um.

Wilkinson não estava representando. A alegria que demonstrava ao rever um amigo tão antigo era real. O modo como se comportou ao sabê-lo tira evitou que Billy Fat lhe fizesse a primeira pergunta pensada, que seria: "Onde você estava ontem às nove da noite". Já não tinha mais sentido. Wilkinson, na hora dos crimes, via filmes de faroeste em uma velha televisão preto-e-branco, junto com sua filha, em um bairro pobre de Nova Jersey.

Billy Fat resolveu, então, transformá-lo de suspeito em "colega".

– Vim aqui, velho Will, fazer de você um detetive. Tenho muita coisa a esclarecer e você é quem vai me ajudar

– De que modo eu posso ajudar? – perguntou, já mostrando interesse em se transformar em um real detetive, como os dos filmes que não parava de assistir pela TV.

Billy Fat contou tudo sobre os três assassinatos da véspera e citou os nomes dos mortos – três veteranos do Vietnã e componentes da 82ª Companhia, da qual Wilkinson fazia parte, o que era muito estranho.

Wilkinson mudou.

A morte dos amigos o entristecia e somente naquela hora ele ficara sabendo. Tudo seria noticiado nos jornais do dia seguinte.

– O que aconteceu com a 82ª para que isto tenha ocorrido, Will? Não lhe parece que tenha sido uma vingança, sei lá, uma revanche de algo desagradável acontecido por lá? A impressão da polícia, por enquanto, é a de que os três crimes foram premeditados e com hora de execução combinada. Você não acha?

– Bem, eu não sou detetive, Billy...

– Melhor. De você deve vir algum esclarecimento realmente útil, porque você não tem os vícios dos detetives. O que aconteceu de errado enquanto vocês estavam naquela vila a 120 quilômetros de Saigon?

– Como sabe desta vila?

– Informação do Pentágono, que tem grande interesse na solução desses crimes. Vamos, Will, puxe pela sua memória e me conte.

Wilkinson levantou-se e abriu a janela da sala, por onde o vento, entrando forte, agitou a pequena cortina de voile.

Era, agora, outro homem. Sentou novamente na poltrona e começou a falar.

– A 82ª Companhia era a mais brilhante que foi ao Vietnã. A mais brilhante, a mais eficiente e a mais unida. Todos éramos muito amigos e muitos arriscaram suas vidas para salvar um companheiro, nos momentos de dificuldade por que passávamos todos os dias. A guerra do Vietnã não foi uma guerra, mas uma guerrilha. Não estávamos preparados para uma luta na qual de um pequeno arbusto saíam, de repente, duzentos homens. Eles conheciam a selva como as palmas de suas mãos, porque nela foram criados. Sabiam de todos os morros e das pequenas florestas. Conheciam buracos e cavavam outros, cobrindo-os com folhas. Enquanto nós guerreávamos, eles se defendiam com emboscadas. Cada passo que se dava podia estar sendo um passo a caminho da morte. Isto era perigoso, mas servia para nos unirmos ainda mais. Uma noite, sofremos um ataque surpresa dos vietcongues que nos pegaram dormindo. Morreu muita gente. Os restantes, por ordem do major Seller, bateram em retirada. Estávamos mal. A comida acabando, a munição no fim e a ajuda da 105ª Companhia, várias vezes prometida, não acontecia. Passávamos o dia olhando o céu, esperando os aviões e os helicópteros que viessem nos ajudar. Chegamos, então, a um local que pareceu ao major Seller ser bom para ficarmos aguardando a chegada da 105ª. Ficamos ali cinco dias, economizando água e comida e procurando nos esconder durante o dia, para evitar sermos vistos e encontrados pelos vietcongues. Uma manhã, quando nossa situação caminhava para o terrível, por só termos mantimentos para aquele dia, Donald, um filipino naturalizado, deu a notícia.

Ao dizer isto, Wilkinson parou a narração e escondeu o rosto, chorando. Billy Fat esperou que ele se recuperasse e seguisse na narrativa.

– Que notícia, Will?

Foi com dificuldade que Wilkinson contou ao amigo o que acontecera.

– Quatro dos nossos homens haviam debandado.

– Quatro?

– John Fulger, Douglas Falkson Junior, Robert Andrews e... e mais um que não lembro agora quem era. O major Seller pediu atenção redobrada de todos. Uma patrulha com oito homens havia saído no meio da noite para fazer um reconhecimento do terreno, encontrar alguém dos nossos ou, o que seria ainda melhor, alguém da 105ª. A debandada dos quatro podia ter acontecido por não estarem suportando as dificuldades, mas não se podia deixar de fora a possibilidade deles terem ido ao encontro dos vietcongues para, salvando suas vidas, entregar as nossas, revelando onde estávamos. Ao entardecer, mais de quinhentos vietcongues surgiram do nada e fuzilaram o que restava da 82ª. Eu e Harold nos fingimos de mortos. Além de nós dois, acho que só os oito da patrulha restaram. Foi a cena mais terrível que presenciei na minha vida. O que os filmes mostram sobre o Vietnã é uma bobagem comparando-se ao que de fato aconteceu por lá.

– Eu imagino. E como você escapou dessa, Will?

– Harold e eu fomos embora, caminhando à noite e nos escondendo quando clareava, durante mais de oito dias, até encontrarmos a maldita 105ª.

– E Harold? Onde anda ele?

– Morreu há cinco anos. Colapso.

– O que acaba de me contar, Will, torna minha tese verdadeira. É vingança. E há este quarto homem. Quem era ele?

– Não sei... não consigo lembrar. Fulger, Douglas e Andrews eram muito amigos, mas este quarto... Não me lembro, Billy, mas se não foi morto nessa noite, deve ser alguém que já morreu.

– Ou que ainda vai morrer. Vou deixar meu telefone. Se você lembrar do nome desse quarto homem, ligue para mim. E me desculpe por ter feito você lembrar da coisa que, com certeza, é a que mais procura esquecer. Recomende-me à sua esposa...

– Minha esposa mora no Oregon. Foi embora de casa com um mexicano rico. Moramos aqui somente minha filha e eu.

– Eu sinto muito. Um abraço, velho Will. Foi ótimo ter visto você. Até qualquer dia e não esqueça.

– Não esqueça?

– Do quarto homem. Tente lembrar quem era este quarto homem.

Billy Fat voltou ao carro, onde London o aguardava impaciente. Sentou-se e deu ordem para seguir para o distrito.

– E então, Billy? Ele falou?

– Nada de importante. Tenha calma, garoto. Nada de importante.

10

No distrito, o capitão Jordan recebeu Natasha, com a resposta sobre os homens que compunham a 82ª Companhia.

Era um resultado bem melhor do que o esperado. Natasha fez um resumo completo de tudo o que os quatro detetives haviam conseguido naquela noite.

– Dos quatrocentos homens da companhia, trezentos e dezessete morreram, sendo que dois ou três morreram já aqui, depois da guerra terminada. Trinta e seis moram fora do país, por livre vontade ou ainda à serviço dos Estados Unidos, em consulados e embaixadas. Onze regressaram para o Vietnã, onde moram com as famílias que lá constituíram. Isto dá um total de trezentos e sessenta e quatro homens já localizados. Acha que por hoje está bem, capitão? Precisamos descansar um pouco, porque o serviço foi duro e já não temos cabeça para continuar sem que tenhamos um descanso.

– Muito bem, Natasha, vocês fizeram um ótimo serviço. Precisamos agora localizar os trinta e seis homens restantes, mas já foi um ótimo serviço reduzir tanto a lista. Oito horas de descanso está bem para vocês? Ou acha que precisam de dez?

– Seis horas serão suficientes, mas os homens restantes não são trinta e seis, Capitão, porque três morreram ontem.

– Tem razão, Natasha. Você sempre tem razão. São trinta e três apenas. Bom descanso para você e os outros.

Natasha saiu, deixando nas mãos do capitão a relação dos trinta e três restantes. Jordan pensou em dar alguns telefonemas, mas achou mais justo que eles quatro acabassem o belo trabalho que vinham realizando.

– Mas, se eu der uma ajudazinha, eles vão até agradecer.

Pelo *talk-back* chamou Mackenzie à sua sala. Antes dele chegar, todavia, a sala foi invadida por Billy Fat e Paul London. No rosto dos dois as expressões eram bem diferentes. A alegria de Billy Fat contrastava com a tristeza de Paul London.

– E então? – perguntou Jordan, ansioso.

– Nada de importante – disse London.

Billy Fat imediatamente fez ao capitão um relato completo da conversa com o sargento. Contou tudo, com todos os detalhes, sem excluir o modo como ele chorou, por ser um pranto no qual o corpo todo tremia, uma coisa bem esquisita. Inocentava o sargento da possibilidade de ser um dos criminosos, mas trazia a certeza de ser a execução de um plano de vingança.

– Eu não sabia disso – disse London, em tom de estranheza.

– Claro que não. Você ficou no carro, lembra? – respondeu Billy Fat.

– Mas eu fiquei no carro porque... – tentou falar London, já iniciando uma discussão que imediatamente foi cortada por Jordan.

– Bem, bem, bem... Não vamos saber quem ficou no carro e por que ficou. O que temos a fazer – e depressa – é localizar o quarto homem que debandou, antes que também ele seja eliminado.

Mackenzie entrou quando Jordan já mostrava a Billy Fat e Paul London o belo serviço que William, Thomas, Natasha e Frank haviam feito durante a noite passada, exibindo, com algo de orgulho, a relação reduzida de todos os componentes da 82ª Companhia.

– Menos de dez por cento. De quatrocentos, temos que investigar apenas trinta e três.

– Trinta e dois, capitão – disse Billy Fat. – O sargento está fora.

– Tem razão, Billy – falou Jordan, já riscando o nome de Jones Wilkinson.

Jordan fez um resumo da conversa de Billy com o sargento para o tenente Mackenzie. A seguir dispensou Billy Fat e London até que voltasse a precisar deles. Entregou, então, a Mackenzie a tarefa de já começar a verificar alguma coisa sobre os trinta e dois restantes.

– Vamos ver se eu reduzo isto para quinze, capitão – falou Mackenzie, retirando-se e levando consigo a relação.

Fora, realmente, um grande passo. Já era muito o que se sabia menos de trinta horas depois dos assassinatos. Jordan respirou fundo e voltou a dar aquela olhada pela janela, uma olhada em que nada via, apenas tirava seus olhos do distrito por alguns momentos.

Voltou à sua mesa e examinou as duas únicas pistas materiais de que dispunha: um pivô e um chaveiro. Mexia em uma e em outra peça quando o sargento Milles, da perícia, chegou com o resultado do exame feito nas pegadas deixadas no sangue da calçada.

– Não é um homem alto, aparentemente. Deve calçar número trinta e nove, ou talvez até um pouco menos. A nitidez das pegadas mostra que se trata de alguém muito frio, pois não eram marcas de quem houvesse saído correndo. Ele apenas caminhava quando foi embora. Há um detalhe, no entanto, que me deixa totalmente impossibilitado de poder chegar a uma conclusão mais definida.

– O que, sargento? O que o deixa tão intrigado?

– A sola de um sapato é diferente da do outro. Isso acontece com os sapatos de jogar boliche. Quem joga boliche só coloca os sapatos na hora, quando vai jogar, não sai à rua com eles.

– Ele deve ter se distraído, enquanto jogava, e quando se deu conta da hora nem se lembrou de se dar ao trabalho de trocar os sapatos do jogo pelos que usava.

– Pensei nesta hipótese, capitão, mas também pensei em outra: ele pode ter colocado sapatos de boliche e deixado as pegadas de modo tão claro apenas para nos enganar.

Jordan admitiu como viável essa hipótese, mas seu instinto o mandava ficar com a sua.

– Ele se esqueceu da hora, Milles.

– É sua a decisão, mas me desculpe dizer que, decidindo assim de pronto, pode estar nos complicando.

– Não tanto quanto estou complicando a ele se a minha hipótese estiver correta. Obrigado, Milles. Por favor, quando sair, peça ao tenente Mackenzie que venha à minha sala. Mande alguém ligar para todos os boliches perguntando se na noite do crime houve algum torneio em qualquer um deles. Somente um torneio importante tiraria do nosso homem a atenção ao horário definido para uma tarefa tão especial quanto o assassinato em conjunto.

Jordan espreguiçou-se, esticando as mãos cruzadas no alto da cabeça. Ligou para Susan e pediu desculpas por não ter avisado que não ia jantar e que estaria em casa dentro em pouco.

Ao desligar, Mackenzie entrou.

– Há um serviço que eu quero que seja feito por você, Mack.

– Ir à Flórida e ficar lá quinze dias, tomando sol. É isto?

– Quase. A parte do sol combina. Quero que localize o protético que fez este dente e descubra o nome do dono.

– Coisa simples. Quantos protéticos há em Nova York? Se muito, uns dois mil.

– Isto, Mack, pondo na conta os protéticos famosos, os caros, os que não se dariam ao trabalho de fazer isto. Comece por baixo. Comece pelos protéticos do Bronx, de Queens, do Brooklin...

– E a busca dos tais trinta e dois? Paro?

– Continue.

– E os protéticos, capitão?

– Amanhã você cuida deles. Hoje, a lista dos trinta e dois...

– ... amanhã a pequena lista dos dois mil – completou Mackenzie.

– Exatamente.

Mackenzie já saía quando, da porta, voltou-se para o capitão Jordan e perguntou o que havia de comum, qual a ligação possível entre o deslumbrante sol da Flórida e aquele pivô.

– Muito simples, Mack. Este pivô pode pôr sobre os crimes uma luz maior do que a do sol.

11

Jordan chegou cedo ao distrito. Aparentava estar sendo o primeiro a chegar, mas Mackenzie já o esperava em sua sala.

– Tenho boas notícias, capitão. Verifiquei tudo dos trinta e dois homens da lista.

A pressa de Jordan era tanta que ele sentou sem ao menos tirar o paletó.

– Diga, Mack.

– Dezenove, dos trinta e dois, moram fora daqui. Há oito em Los Angeles, cinco na Flórida. Um dos quais em Fort Lauderdale.

– OK, Mack, estou morrendo de rir. Mas vamos seguindo, se não se incomoda.

– Dois moram no Oregon, um em Ohio e um em Puerto Rico, onde canta músicas americanas em um bar. Isso perfaz um total de dezessete.

Destaquei dois detetives para que vissem em todas as companhias de aviação se nos últimos quinze dias alguém com os nomes que eu dei voou para cá. Dos quinze restantes, três estão eliminados, porque são paraplégicos. Ficamos, então, com uma lista de doze nomes.

– Esses doze você ainda não contatou, certo?

– É o que falta. Estou passando a lista já bem diminuída às suas mãos porque, graças à ajuda do Oliver e dois policiais, eu tenho uma hora marcada às nove em um excepcional dentista do Bronx.

Depois de receber um aperto de mão do capitão Jordan, Mackenzie levantou-se para sair, mas ainda tinha uma gracinha a fazer.

– Ah, capitão... o homem que mora em Fort Lauderdale disse que está adorando a cidade.

Teve tempo de desviar a cabeça do cinzeiro que Jordan atirou e saiu.

Jordan olhava o papel, pensando...

Apesar das pistas materiais serem apenas um dente postiço e um chaveiro, tudo ia andando bem, na direção de um desfecho que os levaria, com sorte em tempo não muito longo, aos criminosos.

Chamou Thomas e lhe passou a missão de checar o mais rápido possível o paradeiro dos doze nomes restantes.

– Eles não vão longe. Não vão, porque já estamos chegando perto.

Roy Donald, detetive novo na Homicídios, entrou na sala do chefe com notícias sobre os boliches.

– Já não há mais tantos boliches na cidade, capitão, e na noite de crime, uma segunda-feira, somente cinco estavam abertos. Quatro deles para os clientes normais e habituais e um com a realização de um Torneio de Veteranos.

– O endereço des...

Roy não deixou o capitão terminar a frase, esticando a mão e lhe entregando um papel com o nome e o endereço do boliche em que o criminoso estivera. O capitão agradeceu pela rapidez com que Roy executou a missão e, após sua saída, foi à janela.

Lá, olhando o movimento da rua, comentou para si:

– Quando Thomas acabar a verificação dos doze nomes e Mackenzie voltar do Bronx, poderemos começar a preparar uma coisa à qual os criminosos devem estar muito acostumados: uma bela emboscada.

12

No Bronx, o dr. Teodore Kempes, protético e dentista, quis de início recusar-se a falar de um cliente. Era fugir à ética.

– E matar um homem não é, na sua opinião, uma coisa antiética, doutor?

– O senhor é quem está dizendo que meu cliente matou. Tem provas?

– Este dente, que foi feito pelo senhor. É uma prova mais do que importante, conclusiva. O dono deste dente é o nosso homem. Agora, por gentileza... o nome dele.

Dr. Kempes ainda relutou, ouviu argumentações de Mackenzie, replicou...

– Dezenas de pessoas usam um incisivo postiço. Como o senhor quer que eu...

– Pelo molde – disse Mackenzie, cortando mais uma evasiva do protético. – Dezenas usam, concordo, mas ESTE é de uma única pessoa e pelo molde que o senhor tem guardado, sabe quem é o dono dele. Não é uma conclusão lógica e simples?

Dr. Kempes fez um silêncio tão grande que Mackenzie, sempre muito delicado, perdeu a cabeça. Puxou o protético pela gravata e lhe disse, cara a cara e impondo à sua voz um tom ameaçador:

– Vai falar aqui, porque quer ajudar a prender um assassino, ou prefere conversar comigo em particular no distrito? O senhor tem exatamente três segundos para resolver e me dar sua resposta. Um...

Dr. Kempes viu que não tinha saída e que poderia complicar sua vida retardando o trabalho da polícia na busca de um criminoso. Era melhor falar.

– Não preciso verificar os moldes. Eu soube dos crimes pelos jornais. Nada foi falado deste pivô. Ontem à tarde um cliente meu veio encomendar outro pivô, por ter perdido o dele ao receber na boca uma bola de baseball, segundo me declarou.

– E quem foi esse cliente?

Dr. Kempes coçou o cavanhaque, franziu a boca, mostrou que sofria ao ser obrigado à indiscrição, mas terminou falando.

– Jeremy Felds.

– Que idade tem?

– Um momento.

Foi ao seu fichário e retirou a ficha de Jeremy Felds.

– Nasceu em Idaho, tem cinqüenta e seis anos e... não tem endereço. Lembro agora que quando fiz sua nova ficha, porque estou atualizando o meu arquivo, ele me disse ser inútil dar o endereço, porque estaria de mudança na semana seguinte.

Mackenzie sorriu e fez uma pequena carícia na vasta calva do protético, pondo dr. Kempes vermelho.

– Obrigado. O senhor ajudou demais. Quando chegar minha hora de fazer uma dentadura não me esquecerei de procurá-lo.

13

As coisas não podiam correr melhor do que estavam correndo. Em menos de quarenta horas, Jordan sentia que muito pouco faltava para ter tudo resolvido, o que traria ao prefeito uma alegria tão grande que ele talvez viesse a ganhar as três viaturas de que ainda precisava para o distrito, coisa há muito prometida.

Chegaram ao mesmo tempo à sala do capitão Thomas e Mackenzie. Thomas falou primeiro.

– Metade dos doze já está morta. Falei com as viúvas. Os outros seis moram em Nova York, e aqui estão seus nomes.

Entregou um pequeno papel ao capitão. Mackenzie pediu a Roy que lhe deixasse ver os nomes dos seis restantes e riscou um deles.

– O que riscou? – perguntou Jordan.

Mackenzie exibiu o pivô, com um largo sorriso.

– O nome do dono deste admirável pivô, capitão. Jeremy Felds é um deles.

Restavam cinco nomes na lista. Dois deles eram os criminosos, e um dos três outros o quarto homem a ser morto. Interessante. Pela primeira vez o capitão Jordan sentiu a necessidade de correr. Tinha que andar depressa, antes que a quarta morte fosse consumada.

Dos seis, cinco tinham endereço. Jeremy Felds era o único que a polícia não sabia onde morava.

– Ele não se aborrecerá por ser deixado para depois. Vamos ver o que conseguimos com estes cinco briosos soldados.

O primeiro a ser procurado foi Marcus Walter Stoleminsky, em um pardieiro do Brooklin.

Antes de ir ao seu apartamento, Jordan conversou com uma senhora gorda, de óculos, que mostrava ser uma espécie de síndica daquilo a que chamavam um prédio de apartamentos.

– Boa tarde.

– O que é que você quer aqui, tira? Eu odeio tiras. E sabe por que eu odeio? Porque o meu marido foi tira e por isto morreu baleado em um desses becos imundos desta cidade que eu odeio.

Jordan olhou o prédio de alto a baixo. O que podia ser mais sujo do que aquilo? Mas o momento pedia outro modo de falar e não o que a mulher merecia.

– Eu estou procurando um homem de cinqüenta e cinco, cinqüenta e seis anos, veterano da guerra do Vietnã. Há uma medalha a ser entregue a ele. O nome é... Marcus Walter Stoleminsky.

– É melhor dar a medalha para outro, tira, porque esse aí não vai agüentar o peso dela.

– O que quer dizer?

– Eu não quero dizer nada, tira. Ele mora no segundo andar. Primeira porta, virando a escada.

Falou e deu as costas, voltando a varrer o lixo da calçada e o empurrando para o canto da parede, onde outros lixos já haviam sido postos.

Jordan subiu e mexeu na maçaneta de leve, abrindo a porta até poder ver sobre uma cama algo que já fora uma pessoa.

Stoleminsky era um fiapo, pesando menos de quarenta quilos, sem um pélo no corpo e com manchas espalhadas.

– Aids – disse Jordan para si.

Tentou ouvi lo, mas Stoleminsky já não tinha forças para falar. Com muito esforço, depois de ouvir todo o relato do capitão, Stoleminsky conseguiu esconder o polegar embaixo da mão, deixando quatro dedos à sua mostra.

Jordan entendeu. Retirou cinqüenta dólares do bolso e colocou sobre uma mesa onde não havia outra coisa senão remédios.

Desceu e comunicou a Mackenzie, que o acompanhava, o que acabara de ver. Decidiram, já que estavam no Brooklin, procurar alguém que não morava longe: Theodore Lipter.

– Mudou daqui na semana passada – disse a vizinha do apartamento de Theodore.

– Sabe para onde?

– Espero que tenha sido para o inferno, que é o lugar de gente como ele. Estúpido.

– Obrigado, senhora.

Jordan anotou o nome de Theodore Lipter abaixo do de Jeremy Felds. Havia três a serem visitados e, provavelmente, faltava apenas mais um assassino.

Em Astoria, no Queens, encontraram a casa de Kley Lucas, no terceiro andar de um prédio bem cuidado.

Jordan bateu à porta e, enquanto esperava, alguém do segundo andar esticou a cabeça e gritou lá de baixo:

– Está procurando os Lucas?

– Kley Lucas, senhor.

– Teve um infarto sexta-feira. Está no hospital. A sra. Lucas fica lá o dia inteiro com ele e só volta de noite. Tem algum recado para ele?

Jordan pensou rápido.

– Não. Nem diga que eu estive aqui à sua procura. Eu gostaria de fazer uma surpresa. Volto no mês que vem.

Anthony Jennings, o quarto homem a ser procurado, estava em viagem com a família desde o princípio do mês.

– Resta, então, Abraham Spillman. Vamos dar um pulo até Long Island, Capitão?

– Vamos, Mack. À passeio, porque Abraham Spillman deve ter se mudado na semana passada.

Jordan estava certo. Spillman mudara, sem deixar o novo endereço.

– Eles pensaram em tudo. Sentiram que ligaríamos o fato de todos terem estado no Vietnã, admitiram que nós conseguiríamos os nomes de todos da 82ª Companhia e nos deixaram assim: sabemos que os criminosos são Jeremy Felds, Abraham Spillman e Theodore Lipter. Apenas não sabemos onde encontrá-los.

A felicidade é que Nova York era uma cidade pequena, onde morava pouca gente.

14

Na porta do distrito, Billy Fat e John London aguardavam a volta do capitão. Tinham uma notícia importante a dar.

– Wilkinson me telefonou e me deu dois nomes: Louis Kramer e John Paul Mathis. Já investiguei e localizei os dois. Kramer é pastor em uma igreja metodista de Westport, e John Paul Mathis é dono de um bar no West Side. Eu tenho o endereço.

Jordan preferiu começar pelo pastor. O bar de Mathis era bem mais perto, mas sua intuição o mandava para Westport.

– O pastor tem mais coisas a dizer. E merece um crédito bem maior do que qualquer outro. Vamos, Mack. Você vai guiando. Obrigado, Billy. Tome estes três nomes e veja o que consegue descobrir. São os três que procuramos.

– Mas... Se o senhor já sabe quem são os três, capitão... – começou John London.

– Eu estou procurando o quarto homem, London. E depois de encontrá-lo teremos que descobrir se ele é o quarto que devia matar ou o quarto que devia morrer.

Enquanto o carro saía com Jordan e Mackenzie, Billy Fat disse, com deboche, a Paul London:

– Por que não tenta o tênis de mesa?

O pastor Kramer os recebeu em casa, uma casa pequena mas muito agradável, bem de acordo com aquela cidade tão simpática e tranqüila. Hora e meia de Nova York.

Jordan, enquanto esperava a esposa do pastor servir seu chá, chegou a pensar em trazer Susan para conhecer Westport. Ele pensaria neste caso com mais carinho do que Fort Lauderdale.

Após o chá com biscoitos, Jordan ficou até incomodado de tocar em um assunto tão desagradável, mas era este assunto que o levara a Westport e ao pastor Kramer.

– Lembro, sim. É lógico que eu lembro e muito bem. Como esquecer aquela carnificina? Eu não pertencia à 82ª Companhia. Éramos, eu e Mathis, soldados da 75ª. Tínhamo-nos perdido da nossa companhia e, ao encontrar alguns homens da 82ª, nos incorporamos a eles. Eu não estava lá, porque tinha saído em uma patrulha por conta própria.

– Como, por conta própria? – perguntou Jordan.

– Naquela manhã quatro homens fugiram, três soldados e um cabo, e nós ficamos abandonados à nossa sorte. Eu propus a patrulha, achando que poderia encontrar alguém da minha companhia ou da 105ª, por quem há dias os soldados da 82ª esperavam. A situação era péssima. Voltamos somente no dia seguinte e, ao chegarmos, encontramos aquele morticínio. Nunca mais na vida verei cena tão horripilante e triste. Todos os homens mortos. Os únicos a escapar fomos nós, que estávamos na patrulha. Acho que ninguém mais sobreviveu.

– Poderia se lembrar dos nomes dos que formavam a patrulha?

– Não, não, mas continuamos vivos eu e um soldado que... não me lembro bem, eles não eram da minha companhia, mas sei que mora atualmente em San Juan, Porto Rico. É cantor.

– E seu colega de companhia?

– Mathis? Creio que estava entre os mortos. Não sei. Eu lembro do quadro, o pior que já vi na vida, mas dos personagens...

– Obrigado, pastor. Sua ajuda foi muito proveitosa.

O pastor Kramer os levou à porta e se pôs à disposição para qualquer esclarecimento de que viessem a precisar.

– Jesus vai com vocês – disse o pastor, quando o carro partia.

Jordan sorriu para Mack e comentou, como se estivesse falando com o pastor:

– Deixa Jesus aí, pastor, porque nós estamos a caminho do inferno.

15

Na volta a Nova York, Mackenzie sugeriu que tomassem uma cerveja.

– É uma boa idéia. Tem algum bar preferido ou aceita ir ao lugar que eu sugerir?

– É com o senhor, capitão.

– É um barzinho agradável, apesar de ficar no West Side, em uma zona nada chique da cidade. Pegue o endereço aqui no meu bolso.

Mackenzie tirou do bolso de Jordan um papel em que se lia o nome de John Paul Mathis e o endereço: *104 West*, Rua 108.

Ao entrar no bar, ainda muito vazio, Jordan e Mackenzie perceberam, no mesmo momento, que John Paul Mathis era o negro no caixa. Já havia branco nos seus cabelos e o bigode era grosso e mal cuidado. Ao mesmo tempo, os dois perceberam que Mathis os reconhecera como policiais.

Jordan preferiu usar uma tática especial para a ocasião. Tirou da carteira a foto de Susan, sua esposa, e foi direto a Mathis.

– Boa noite, senhor.

– Boa noite – respondeu Mathis sem se mostrar abalado. – Querem tomar alguma coisa?

– Não – respondeu Mackenzie. – Obrigado, mas nós somos policiais e estamos atrás de uma mulher que anda aplicando o golpe do suadouro aqui por esta zona. Um dos que foram enganados por ela é amigo particular do meu chefe, e isto o deixou muito irritado.

Com uma certa dor no coração, Jordan mostrou a Mathis a foto da sua esposa.

– Conhece esta mulher?

Mathis olhou o retrato por algum tempo e negou conhecê-la. Até estranhava que uma mulher tão bonita e elegante fosse capaz de fazer uma coisa dessas. Jordan sorriu e bateu no ombro de Mathis amistosamente.

– Não julgue os outros por você, meu bom homem. Estamos acostumados, sabemos tudo do nosso trabalho e, na primeira olhada, já sabemos se estamos tratando com gente boa ou com gente canalha. Elas se fazem passar por pessoas distintas, como você julgou, mas esta é uma vigarista que já enganou a mais de cem homens. A informação que temos é de que ela age por estas bandas.

– Não conheço – disse Mathis. – Nunca a vi por aqui. A minha freguesia não muda muito. São sempre os mesmos. É raro acontecer entrar alguém diferente, como os senhores entraram agora.

Agradeceram à Mathis sua gentileza e boa vontade, mostraram a maior simpatia por ele e, quando já se encontravam na porta, Mathis os chamou.

– Ei!

Os dois se voltaram com naturalidade.

– E esse caso das três mortes no mesmo dia, como é que anda?

– Não sei – respondeu Jordan. – É coisa de outro distrito, não estamos participando das investigações desse caso. Mas ouvi dizer que tudo leva a crer que a matança aconteceu por causa de dinheiro de drogas, um dinheiro devido e não pago. Falam que foi obra da máfia. Como sempre, hoje em dia, há uma transação de tóxicos no meio do barulho. Mas não podemos afirmar nada. Um dia eu volto aqui, para tomar uma cerveja e bater um papo. Você tem cara de gente boa. Nem dissemos nossos nomes. Eu me chamo Stewart, e este é o sargento Peralva.

– Mathis. Eu sou John Paul Mathis. Até um dia, senhores.

– Até um dia – respondeu Jordan, enquanto fechava a porta e comentava para Mackenzie: – Que será muito breve.

De volta ao distrito, Jordan mandou chamar Billy Fat e lhe entregou o nome de John Paul Mathis, de quem fez uma rápida descrição, dando-lhe o endereço do bar.

– Quero que ele seja seguido vinte e quatro horas por dia. Tudo anotado. Onde esteve, com quem falou, onde mora. Um relatório completo.

John London sorriu.

– Ele é o fio da meada, hein, capitão?

Jordan o olhou, mas foi Billy Fat quem falou.

– Não, garoto. Este aqui é a meada.

16

No dia seguinte, Billy Fat e John Douglas trouxeram à sala do capitão a relação completa:

– Tudo perfeito, capitão. Ele saiu do bar e pegou o metrô. O garoto o seguiu e ficamos nos comunicando pelo rádio. Ele desceu na rua *40 West* e foi à casa de Jeremy Felds, no número 138, segundo andar. Ficou pouco tempo lá e saiu, tomando novamente o metrô, desta vez seguido por mim, enquanto o garoto levava o carro. Ele saltou no Village e foi à *McDougal Street*, onde entrou no prédio número 76. Verifiquei. No terceiro andar mora Theodore Lipter. Então ficou mais fácil, porque ele pegou um táxi e nós o seguimos até a *27 West*, número 151. No primeiro andar mora apenas o terceiro deles: Abraham Spilman.

– Gostou, capitão?

– Muito, London. Eu sempre disse que, trabalhando com esse gordo, você aprenderia a ser um ótimo detetive.

– Obrigado.

– Não agradeça ainda – disse Billy Fat. – Espere chegar a ser.

Todos riram e o capitão definiu a situação em que agora se encontravam, que os colocava muito perto do desfecho.

– Já sabemos quem são e também seus nomes. Precisamos agora de uma pequenina prova para conseguir o mandado.

Quando saírem, peçam a Natasha e a Winnipeg para virem à minha sala imediatamente. Tenho um trabalho importante para os dois.

Quando os dois chegaram, receberam a ordem de ficar à espreita de Jeremy Felds e Theodore Lipter, seguindo-os até onde fosse possível. Nada de perdê-los de vista.

– Dividam a tarefa com Billy e London, mas não os abandonem.

– Se ele for ao banheiro eu vou junto, capitão – disse Winnipeg, a quem cabia seguir Lipter.

– Estamos começando a operação final para botar as mãos neles. Tudo, a partir de agora, assume outro aspecto. Quero todos com rádio na freqüência habitual e a maior atenção. Não podemos cometer nenhum erro. Estamos lidando com gente perversa e inteligente. Os crimes foram premeditados tão bem que julgo muito perigoso uma falha da nossa parte.

– Termina hoje, capitão – disse Natasha com total segurança.

– Quando saírem, mandem Ned e Gonzalez virem falar comigo.

Dois minutos depois os dois detetives chegavam. Jordan vestiu o paletó e chamou os dois para o acompanharem em outro carro. No carro do capitão ia o tenente Mackenzie.

Jordan sabia que o caso caminhava para o final, mas ainda estava preocupado. Mackenzie percebeu, mas achou não ser hora de tocar no assunto.

Dirigiram-se ao número 151 da *27 West* e pararam o carro um pouco adiante, de onde desceram e se espalharam pela rua, sem tirar o olho do número 151, um prédio igual a milhares existentes em Nova York. Agora tinham apenas que esperar.

Cumprindo a tarefa que lhe cabia, aguardando na *McDougal Street,* Winnipeg viu Theodore Lipter sair do 76. Sugeriu a Natasha que o seguisse, enquanto ele dava uma olhada em seu apartamento. Era uma boa hora.

– Como vai entrar?

– Pedindo licença com esta amiga – disse Winnipeg, mostrando uma gazua.

Foi fácil abrir a porta. Nada estava ainda totalmente arrumado, mostrando fazer pouco tempo que ele havia mudado. O apartamento era mínimo e, ao entrar no quarto e abrir a porta do armário, Winnipeg viu os sapatos de boliche. Havia marcas de sangue na sola e nas bordas. Era um sapato especial, com o nome do time de boliche gravado, assim como a palavra "Lipter" na palmilha. Comunicou-se com Natasha, avisando do achado.

– Mas por que os sapatos estão aí? Ele saiu com a bola, deve estar indo ao boliche.

– Isto nós perguntaremos a ele em breve. Vou desligar e dar mais uma olhada por aqui.

Entrou no banheiro, urinou e deu a descarga. Não funcionou. Abriu a torneira e não caiu um pingo sequer, o mesmo acontecendo quando ligou o chuveiro. Ali estava a explicação. Faltava água no apartamento, e, por não ter podido lavar os sapatos, Lipter devia ter levado outro par.

No 138 da *40 West*, fingindo serem amigos que há muito não se viam, Billy Fat e John London conversavam, de olho na porta.

– Olhe – disse London, mostrando com discrição um homem saindo do 138.

– O senhor segue de carro que eu o acompanho a pé. Vamos agir.

– Está bem, garoto, mas não esqueça de ligar o rádio, como aconteceu naquele caso do chinês.

Paul London sorriu. Afinal, apanhara Billy Fat em um erro.

– Está errado, detetive. Naquele caso do chinês eu não me esqueci de ligar o rádio. Naquele dia eu me esqueci de levar o rádio.

Em frente ao prédio de Abraham Spillman os detetives trocavam seguidamente de posição, evitando virem a ser vistos por ele, cujo apartamento tinha janela para a rua.

Pelo rádio, Jordan ficava sabendo do que estava acontecendo com Billy Fat e os demais detetives destacados para acompanhar os assassinos.

Natasha comunicou que Lipter entrara no boliche, falara com alguns amigos e saíra, deixando a bola com um deles. Observou, já informada dos sapatos encontrados por Winnipeg, que Lipter calçava um par de tênis.

London desceu do metrô perto do Village e caminhava agora na direção provável da rua 27. Billy Fat acelerou naquela direção. De sirene desligada, segundo expressa recomendação do capitão.

– Estão chegando – disse Jordan pelo rádio aos que com ele observavam o prédio de Spillman.

Natasha voltou a informar que Lipter tomara um táxi e se dirigia para os lados de Downtown. Winnipeg colocou o par de sapatos no banco de trás e disparou.

O primeiro a chegar ao 151 da *27 West* foi Lipter. Pagou ao chofer do táxi e entrou. Oito ou dez minutos depois, Jeremy Felds apareceu na rua e por ela caminhou até o 151, onde entrou, após olhar para os lados, verificando se fora seguido por alguém.

– Quanto tempo vamos esperar, capitão? Os três já estão aí – perguntou Billy Fat, pelo rádio.

– Poderíamos entrar até agora, Billy, mas acho melhor esperarmos um pouco mais. Só um pouquinho, se você não se importa.

O capitão mais uma vez estava certo em seu palpite, porque cinco minutos mais tarde apareceu na rua, caminhando em direção ao 151, John Paul Mathis, o negro dono do bar no West Side.

Jordan fez apenas um comentário, após receber os parabéns vindos de todos pelo do rádio.

– Pronto. Era só o que faltava.

17

Felds, Lipter e Mathis eram, visivelmente, subordinados a Spillman. Ele, se assim se pode chamar, era o chefe da "operação". Estavam com medo. Felds, que não parava de empurrar o pivô com o polegar, um velho cacoete, era o mais nervoso, por ter deixado lá, ao lado do corpo de John Fulger, seu pivô, o dente que perdera na briga.

Spillman o fez calar-se. Ele que deixasse de ser idiota. Como um pivô que é muito possível nem ter sido encontrado poderia fazer a polícia chegar a eles? Ele, Spillman, sim, perdera o chaveiro. Então foi Mathis quem o tranqüilizou.

– Um chaveiro, em Nova York, não ajuda ninguém a encontrar ninguém. Ainda mais o seu chaveiro, que era apenas uma argola com duas chaves, como você disse. Estou muito preocupado e acho que, no meu caso, a preocupação tem lógica. Dois policiais estiveram ontem no meu bar.

Apavoraram-se os outros três. Por que Mathis não contara antes?

– Não era nada importante, nem que tivesse ligação conosco. Estavam procurando uma dessas prostitutas ricas que dão o golpe do suadouro. Foram gentis comigo, muito simpáticos e até me deram a informação de que a polícia está achando que o crime se deve a dívida de tóxicos, e há uma possibilidade de haver envolvimento com a máfia. Estão caminhando na estrada para o norte, quando as coisas aconteceram no sul.

– Exatamente, Mathis. E esta bobagem o preocupa por quê? – perguntou Spillman.

– Bem – respondeu Mathis –, eram dois policiais. Policia é polícia, sei lá... Fiquei preocupado.

Spillman, que havia marcado a reunião, levantou-se para dominar a cena.

– Nenhum de nós tem a menor razão para preocupações. Eu planejei tudo durante anos, para não haver nenhum erro e liquidarmos qualquer possibilidade de virmos a ser descobertos. Até a mudança para lugar ignorado, uma semana antes, eu pensei. Eles poderiam nos encontrar pelo Exército, único momento da vida em que estivemos juntos. Eliminando isto, eliminei o perigo. Somos cidadãos norte-americanos, veteranos de uma guerra com a qual nada tínhamos a ver, mas na qual colocamos nossas vidas à disposição da pátria. Todos nós somos pessoas que nunca demos motivo a qualquer suspeita. Não temos ficha na polícia. Além disso, temos nossos empregos, onde estamos muito bem. O que há de errado conosco? Mas, como sou muito prudente, chamei vocês aqui para a determinação final: apenas Mathis continuará em Nova York, com o seu bar. Amanhã eu embarco, de mudança, para Boston, e você, Lipter, tanto quanto você, Felds, pensem e em uma semana escolham um lugar que não seja o mesmo e se mudem. Daqui a cinco anos poderemos voltar a morar em Nova York, porque tudo será passado.

– Ou talvez nem precisem sair do estado – disse Jordan, após pôr a porta abaixo e dando passagem aos demais detetives, todos com armas em punho.

– O que é isto? – gritou Spillman. – Esta é a minha casa e eu estou recebendo três amigos. Com que direito invadem a casa de um cidadão norte-americano, homem de respeito como eu? Quero ver o mandado.

– Ouviram? – perguntou Jordan aos demais detetives. – Ele quer ver o mandado. Sabe, sr. Spillman, nós estamos errados ao entrar assim na casa de uma pessoa decente e digna como o senhor, um dos cidadãos mais crápulas já produzidos pela América do Norte. O senhor quer ver uma coisa que nós não temos: o mandado. Eu, no entanto, achei que o senhor gostaria mais, assim como o sr. Felds, de ver este pivô, cujo protético, com consultório no Bronx, fabricou. Tão bem quanto fabricou o outro, no dia seguinte ao que o sr. Felds matou John Fulger, em sua casa, após uma luta em que venceu por pontos. Claro que, depois de usar a faca, transformou-se em um nocaute. Mas o sr. Spillman não quer ver este dente. Talvez queira, assim como o sr. Lipter, outro abominável cidadão norte-americano, ver este par de sapatos de boliche, ainda com sangue, por faltar água no apartamento para onde acabou de mudar e que tem a mesma sola e o mesmo tamanho das pegadas deixadas na calçada sobre o sangue de Douglas Falkson Junior, a quem matou com nove tiros à queima-roupa.

Jordan parou, encarou Mathis e lhe disse de modo amistoso:

– Vá embora, Mathis. Você seria o quarto, ainda mais porque não pertencia à 82ª Companhia.

Mathis olhou para os três e percebeu, pelo modo como o olharam, que ele devia ir embora. Pegou sua jaqueta e saiu, apressando os passos.

Os detetives não entenderam a razão pela qual Jordan tomava esta decisão. Mas o capitão sabia o que estava fazendo.

Em um ímpeto desesperado, Spillman começou a gritar e fazer ameaças.

– Vocês estão perdidos. Eu não tenho nada com a vida de ninguém, e se Lipter e Felds tivessem cometido algum crime, a culpa seria deles. Mas na noite em que esses crimes aconteceram eles estavam comigo, e eu tenho testemunhas que vão me ajudar a arrasá-los, seus tiras imundos.

Julgando-se em vantagem, Spillman subiu a voz e irritou-se mais ainda.

– E contra mim? O que é que vocês têm contra mim? Eu quero uma prova, porque sem prova vocês vão pagar caro a invasão da minha casa. Eu sou advogado e...

Jordan achou que estava na hora dele.

– Mas o senhor é um advogado muito distraído porque nem sabe onde deixa cair o chaveiro – e mostrou a argola com as duas chaves, balançando-as junto ao rosto de Spillman, que não disse uma palavra sequer. – Foi usando este chaveiro que eu entrei aqui. Derrubar a porta foi apenas um detalhe a mais. Como vê, porém, esta chave abre fácil e perfeitamente a sua porta.

Disse e mostrou, na porta caída, que a chave funcionava normalmente.

Diante de silêncio de Spillman, Jordan deu a ordem definitiva.

– Podem levá-los. Dentro de hora e meia eu estarei no distrito. Venha comigo, Billy. Seu carro é mais novo, e você é melhor motorista.

Saíram, Jordan e Billy Fat, antes mesmo que os três criminosos fossem conduzidos aos carros que os levariam ao distrito.

Entraram no carro de Billy, um Lincoln Town Car praticamente novo.

– Para onde vamos, capitão?

– Sabe onde é o Lincoln Tunnel? Vamos para lá na maior velocidade possível. Agora pode colocar a sirene.

Billy Fat acionou a sirene e a colocou na capota do carro, enquanto perguntava o motivo pelo qual ele deixara o negro ir embora.

– O plano era matar quatro, mas Mathis não cumpriu a sua parte. Sabemos que ele seria o quarto assassino, Billy, mas não há, até agora, nenhuma prova contra ele.

– Mas se ele ficasse e nós déssemos uns apertos, ele acabaria confessando.

– É possível, mas... Por que, se ele não matou? Estive no bar dele. Mathis, depois desse susto, pode entrar na lista dos reabilitados, espero.

18

Na casa do sargento Wilkinson, em Nova Jersey, uma porta se abriu lenta e silenciosamente.

John Paul Mathis, com uma faca de dentes na mão, entrou e, pé ante pé, abriu a porta de um quarto.

A filha do sargento dormia, deixando à mostra um pedaço da coxa. Mathis voltou a fechar a porta do quarto com todo o cuidado e olhou a porta do outro, já a abrindo sem se importar com o barulho. O sargento dormia.

Mathis, por ironia, começou a falar baixo e delicado, como se falasse a uma criança.

– Já está dormindo? Um menino bom faz assim: dorme cedo, como o papai manda. E acorda mais cedo ainda para fugir, junto com três desgraçados e, em troca de um prato de comida, dizer onde seus amigos estão, para que eles sejam impiedosamente mortos. Cento e cinqüenta e sete morreram por causa da sua covardia, meu querido sargento dorminhoco e traidor. Eles não foram mortos pelos vietcongues, mas por vocês quatro. Três já morreram, sargento. Foi uma pena meu velho carro ter enguiçado naquela noite, porque se não você já estaria junto com os seus três coleguinhas no quinto dos infernos. E até hoje não sei como aceitou a promoção para sargento, seu cabozinho de merda, seu grande filho da puta.

Então Mathis ergueu e faca e berrou:

– Lembra-se do Vietnã?

Gritou e saltou sobre a cama, desfechando oito, quinze, vinte facadas no boneco que ali havia sido posto por Jordan.

Acenderam-se as luzes e, enquanto Billy Fat lhe apontava um fuzil, Jordan caminhou tranqüilamente na direção de John Paul Mathis. Com a maior gentileza e demonstrando um certo nojo, tirou a faca das mãos de Mathis e a atirou aos pés de Billy.

– Morro de medo de arma branca.

Jordan ofereceu a Mathis uma pequena cadeira que havia no quarto, sobre cujo espaldar estava depositado um paletó surrado.

O sargento surgiu do banheiro, de short e sem camisa. Mathis fez menção de levantar, no que foi impedido por Jordan com um empurrão que o fez voltar à cadeira.

– A guerra é muito quente para homens que não são frios. Um erro não justifica outro, assim como um crime também.

– Ele. Ele foi quem matou cento e cinqüenta e sete americanos – gritou Mathis com a mão aberta e trêmula, apontando o sargento de verdade no canto, que se mantinha de olhos no chão.

– Suposição, Mathis, suposição. Mas, ainda que tivessem feito isto, nenhum de vocês tinha o direito de condená-los, e muito menos de executá-los. Para isto existe a Justiça, que condena depois de julgar.

Enquanto Jordan falava, Mathis deixou os braços caírem ao longo do corpo e abaixou a cabeça, atitude que todos admitiram como sendo de arrependimento. Lenta e discretamente Mathis levou a mão à bota, de onde retirou um punhal e, sem que ninguém tivesse tempo de impedir, o atirou em Wilkinson.

O punhal, cravado no peito do sargento, o fez cair. Jordan correu e colocou a mão na carótida do sargento, percebendo que ele morrera instantaneamente.

Enquanto isto, Mathis, rasgando o paletó surrado depositado na cadeira, não parava de gritar:

– Lembra-se do Vietnã? Lembra-se do Vietnã? Lembra-se do Vietnã?

19

No distrito, após sair de uma sala onde atendera a uma infinidade de repórteres e fotógrafos, Jordan dirigiu-se à sua sala e mostrou surpresa ao ver que lá estavam William Ned, Frank Gonzalez, Mackenzie, Thomas Winnipeg, Natasha Wyler, Paul London e Billy Fat, além do chefe de polícia e do prefeito. "Para que aquilo tudo?", pensou. Foi o prefeito quem falou.

– Estou aqui, capitão Jordan, junto com o meu chefe de polícia, para fazer um agradecimento em meu nome e no nome de todos que escolheram nossa cidade para morar, e principalmente em nome dos que nela nasceram. O trabalho que o senhor e sua equipe realizaram foi dignificante do posto que ocupam. Contando com homens como o senhor e sua capacitada equipe de detetives, vemos que Nova York está bem entregue. Lamento apenas que em uma hora tão importante eu seja obrigado a comunicar ao senhor algo que lhe será altamente desagradável. O fato, capitão Jordan, é que o senhor acaba de perder um homem.

Todos se entreolharam, enquanto Jordan passava uma revista, procurando quem estava faltando.

– Hoje o senhor perde William Crest, a quem chamam de Billy Fat, pois, com a promoção que obteve, será transferido para outro distrito.

Enquanto todos batiam palmas e cumprimentavam Billy Fat, Paul London comentou, baixinho, de mãos postas:

– Deus é bom. Deus existe.

Billy Fat deu um passo à frente, agradeceu com poucas palavras e, no final, fez um pedido:

– Só peço que o capitão Jordan tenha a gentileza de permitir que Paul London vá comigo porque nunca mais eu me separo desse garoto.

Mais vivas, abraços de Billy Fat e Paul London. O prefeito e o chefe de polícia saíram, acompanhados dos detetives, e ficaram na sala do capitão apenas ele e Mackenzie.

– E você, Mack? Você deveria ter sido promovido à capitão – disse Jordan. Não digo que no lugar dele, mas também você merecia que lhe oferecessem o posto de capitão.

– Ofereceram, mas eu preferi continuar tenente.

– E por que fez isso? Perde dinheiro.

– Este dinheiro que eu perco é quanto eu pago para trabalhar com você, Jordan.

Os dois se abraçaram. Mackenzie mostrou que ia sair.

– Vai ficar aí, pensando nos crimes, nas penas que receberão, no lugar onde cumprirão as penas, se ainda acontecerá algum crime hoje?

– Não, Mack, não. Estava aqui pensando em levar Susan, neste fim de semana, para conhecer uma linda cidadezinha chamada Westport.

Chico Anysio, por ele mesmo...

"Eu sou muito ruim em datas, haja vista que nasci em 1931, e minha carteira garante ter sido em abril de 1929. Por ter minha irmã nascido no dia primeiro de julho de 29, e não sendo minha mãe um fenômeno capaz de gerar uma criança em dois meses e pouco, tudo fica por culpa do cartório de Maracanaú, que me mandou a certidão errada.

Nasci em Maranguape, no Ceará, em um sitiozinho pequeno e simpático que ainda existe, e que pertence a um parente-de-um-certo-modo. Maranguape foi um pequeno paraíso, o Éden da minha infância durante sete gloriosos anos. Ali eu comecei a entrar na vida, a conhecer o mundo e – tão importante como – aprendi a ler sozinho. Com oito anos de idade, em um tempo em que as crianças não tinham acesso aos problemas ou às decisões da família, apenas me lembro do dia em que pegamos um navio para o Rio.

Por acaso, sou ator. Ator porque dois terços da minha vida eu dediquei a este trabalho no qual um cara faz o papel de médico ou palhaço, de chofer ou milionário, de mendigo ou pastor de almas, seja lá qual personagem for. Isto é o que eu faço.

O ano de 1957 foi especial para mim. Aconteceram muitas coisas inesquecíveis. Neste ano estreei na televisão. Haroldo Barbosa me escalou para interpretar um tio nordestino no programa *Aí vem Dona Isaura*, escrito por ele e estrelado por Ema D'Ávila, na TV Rio. Sou um homem de televisão. Continuo fazendo meus shows nos teatros pelo Brasil, mas o primeiro dinheiro é o da televisão. Um show é feito para ser visto e ouvido, e não para ser lido. Quanto mais perto da verdade eu estiver, mas perto do agrado eu me ponho. E, ainda me resta, no teatro, o direito de ir acertando o espetáculo. Eu posso ir mudando, a cada apresentação, até chegar ao ponto desejado. Esta é uma vantagem enorme que o teatro dá ao ator: o direito de se corrigir. E esta é uma das grandes desvantagens do cinema... Como ator de cinema, atuei em algumas chanchadas, sempre fazendo pequenos papéis, porque não tinha tempo, vivia ocupadíssimo. Passei boa parte da minha vida enfurnado na televisão, fazendo shows e escrevendo livros.

Quanto ao humorista, geralmente estes começam imitando alguém. Comigo não foi diferente. A minha vítima foi um professor de francês que tive. Professores, aliás, são um prato cheio para qualquer aluno tirar um sarro. Com certeza, humor é uma questão de gene, de genética. Todos os meus irmãos são muito divertidos, meus filhos idem, até o mais novinho, Rodrigo, que é meu e da Zélia, é engraçado. Todo eles quando vêm me visitar, sempre aparecem com piadas e casos novos engraçados.

Minha vida como humorista profissional se iniciou no rádio, paralelamente à minha atividade de radialista. Eu já tinha uma facilidade em imitar vozes e conhecia o José Vasconcellos. Foi nos programa humorísticos que tive a chance de atuar junto a monstros como Grade Othelo, Chocolate, Batista Rodrigues, Luís Brandão, Dália Garcia, entre vários outros. E aprendi que não se deve competir, quando se trabalha. Os comediantes não dividem, somam.

Muita gente acha que utilizo os velhos comediantes, em meus programas, simplesmente para ajudá-los. Enganam-se. Utilizo-os muito mais por esperteza. Eles me ensinam sempre. Hoje tenho 209 personagens criados, e os tiro da vida, do que meus olhos vêem nas calçadas, nos campos de futebol, nos estúdios, nas casas que freqüento, nos restaurantes. O mundo é minha inspiração. Não gosto muito dos personagens feitos em cima de um bordão. Sei que este tipo de personagem funciona porque o bordão é mais rapidamente difundido, 'pega' com maior facilidade, mas, em contrapartida, a vida dele é bem mais curta. Ele 'estoura' depressa e muito depressa vira cinza. Parece absurdo dizer que um personagem, pra mim, é um ser de vida paralela à minha. Já disse que não gosto de personagem isolado, prefiro o grupo. Seria preciso um livro inteiro para falar de todos, coisa que, aliás, faz parte dos meus planos...

E por falar nisso, o Chico escritor surgiu por insistência de minha mãe. Eu sempre desconversava. Que não sabia, que não podia, que não valia a pena, que ninguém publicaria, que não tinha tempo. A última desculpa era a única verdadeira. O livro era coisa que fazia parte do meu ideal, mas não pintava tempo. Até que deu. Combinei tudo com Rubem Braga e Paulo Rocco e, em 50 dias, escrevi 3 livros de 140 páginas cada.

As críticas, se não eram maravilhosas, nunca foram desfavoráveis. Eu nunca tive a ousadia de querer me comparar a qualquer um desses monstros sagrados da literatura, mas eu tenho uma vantagem sobre eles, modéstia à parte. Soube dessa vantagem pelos livreiros:

–'Seus livros põem dentro das livrarias pessoas que nunca entraram em uma. Vem gente aqui que nunca leu um livro, gente que não sabe nem se pode tocar em um, se pode abrir uma página e dar uma lida. E o mais importante, Chico: sempre voltam, pedindo outro ou uma sugestão sobre o que devem levar para ler.'

E eu espero que este aqui seja mais um desses...".

Impresso em São Paulo, SP, em julho de 2008,
com miolo em offset 90 g/m^2,
nas oficinas da Gráfica Bartira.
Composto em Minion Pro, corpo 12 pt.

**Não encontrando esta obra nas livrarias,
solicite-a diretamente à editora.**

Escrituras Editora e Distribuidora de Livros Ltda.
Rua Maestro Callia, 123
04012-100 – Vila Mariana – São Paulo, SP
Tel.: (11) 5904-4499 / Fax: (11) 5904-4495
escrituras@escrituras.com.br
vendas@escrituras.com.br
imprensa@escrituras.com.br
www.escrituras.com.br